JN128016

式亭三馬「稽古三弦」

影印・翻刻・研究

土屋信一 編著

武蔵野書院

稽古三味線序

花はともに謡ふつゞミ拳にハ男女の

中をも和らぐる月にうかれて吹は

うちの三味線にあふ琴きとハ海の

あく絃錢も感ぜしむ糸竹は琴がく

清くより五風十雨は調子笛時を

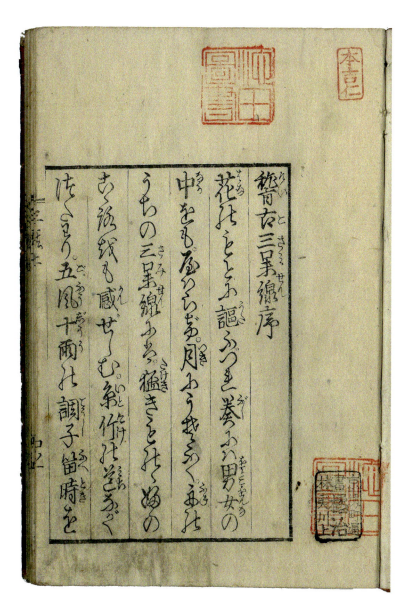

「稽古三弦」　巻之上　ロノ一表

うるせへもんだね。ホンニよくおまへさんすぐこの吉さん
ハおあすびろへ。とねへごじやアで大分おとなしくおなり
つたご子上もそれでもうちくおしごうら。おめへ
さんのお世話もちつとやひとりむすめんだヨホヽヽヽ。
何サちつとぞともませサ。おまへのんやうまにト ひとりむすめのちよと古く
むすめよりは十ぶんのかた其上を
合をよくくんでよびろけ 縁組さんくおめへうちぜ
きてくまねへのごあいろがモウちうとしくつてうら
孫へヨ。いつてちつてくんろく。おこのんもよしきますト

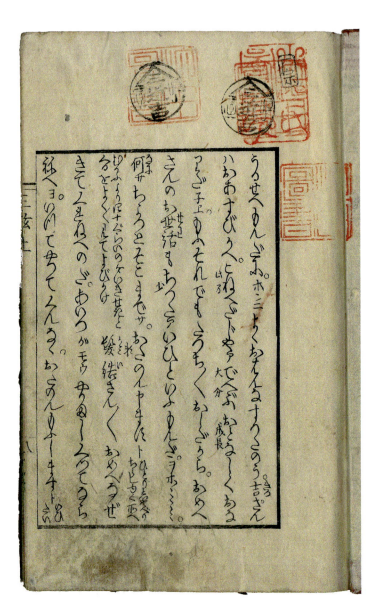

「稽古三弦」　巻之上　八表

せてあるからききとへ稼ぐヨ　親父「得手まのかせぐとのう
息子「そとゆらサ　親父「そのろけるのんどの　両人「ス〳〵〳〵
折節七ツの撞鐘ボヲン　豆腐や「豆腐イく　親父「ヨやどう
ふやきさんが来てヨ日がくぢろけくのう　短
米屋の踏「トツケケツカウ

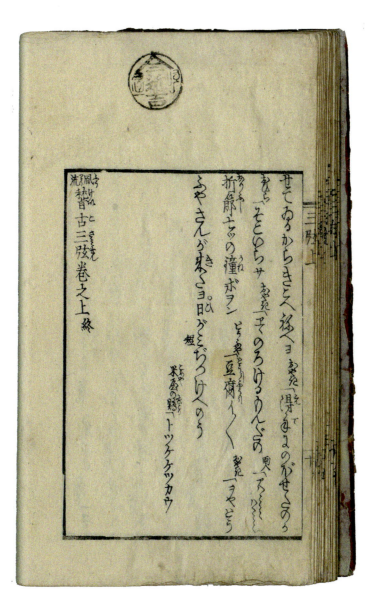

風流稽古三弦巻之上終

風流稽古三弦巻之中

江戸　式亭三馬原稿

第二稽

十露盤の桁ハおいてさし家業ハ
よけちもさうちも行ぬ当番のけいこ

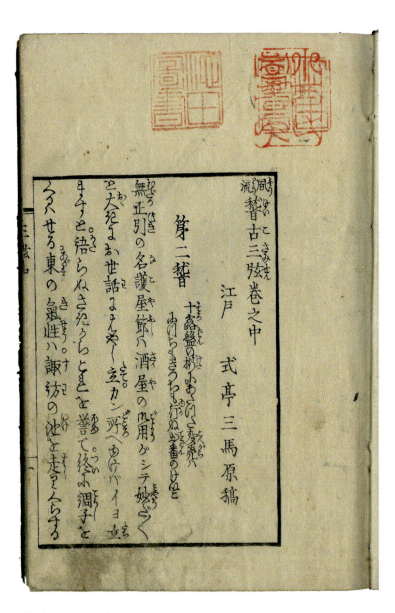

無正引の名護屋節ハ酒屋の御用がシテ妙ぐく
と大名よりお世話までへ立カン所へあげバイヨ立
手すさ語らぬさんくらとまを誉て。終に調子を
くらべせる東の氣性ハ諏訪の池と走るくらする

だろう本ハ ゆら様ヘハナ 「サアすんならお名やし
おふつきこいのウむきアしイふイくクアげニきイよう
きイかすウみイをどうるアがアてすウミすやみイ
だアがアアミミリリア。愛すでどゆひどやア ねくろ子エ
八「そふヨ身子入の心をつぎぶつら。こぢつけへが
ゆひやナト とれより二三べんくりかへしてけのとーセ 「又おーくまあるせう
子エ 吉「むざうしのめんぶア 「八ぎんけのとうやら
うろ子エ 八「そふ又舟てもゆひけぎむろう世う

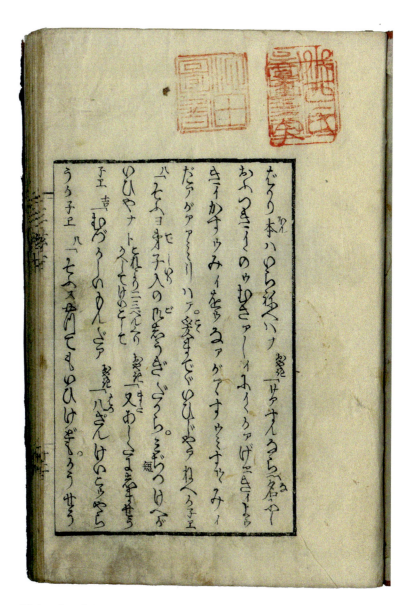

目次

*本書は文政五年（一八二二）没した式亭三馬の遺稿として同九年（一八二六）刊行された「稽古三弦」の全文影印・翻刻を紹介して、多くの人の目に触れ、江戸語研究の資料として役立てようと企画したものである。

*テキストは架蔵版本を用いたが、欠けている個所（巻之下　巻頭より十一丁裏まで）は早稲田大学図書館蔵本で補った。利用を許可してくださった早稲田大学図書館に感謝する。

*影印は架蔵版本を実物大に写したものである。

*蔵書印・汚れ等は消さずに、そのまま残した。

*翻刻は私に試みた。非力で、誤読、読み間違いも多いと反省している。「たたき台」として、御批判を切に賜りたい。

*本書をまとめるに当たって、数々の御助言を賜った、近代語学会の会員諸氏に深謝する。

*出版に当たっては、武蔵野書院前田智彦社長、同社編集部梶原幸恵さんに、大変お世話になった。記して謝意を表する。

影印編

稽古三味線序

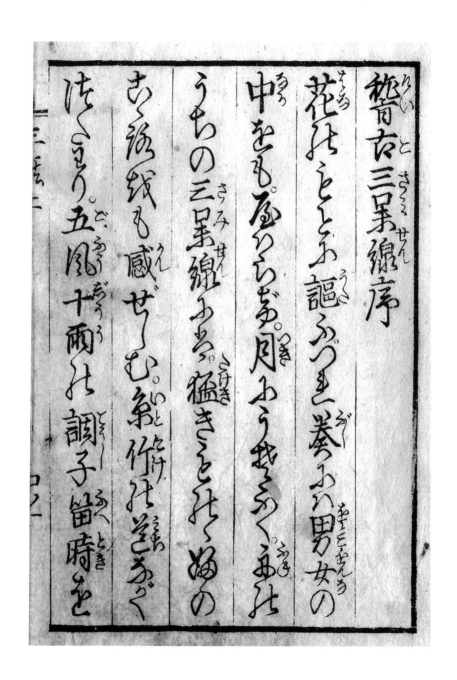

花にはとゝふ謳ふつま[illegible]芸には男女の
中をも和らぐる。月にも我[illegible]なく。[illegible]は
うちの三味線にて。猛きこゝろを[illegible]の
[illegible]線も感ぜしむ。糸竹は心をなぐ
法くまり。五風十雨は調子留時を

たがへず。實(げ)に太平(たいへい)の世(よ)にもてあそび
こもれとはいふなりぬ。されど夕(ゆふべ)に應(おう)崎(さき)
安郎流とうだいゑんきこしも功(こう)なり名(な)
ひろめられしあとなり。萱(かや)乃軒(のき)端(ば)れ
門日ふ何某(なにがし)とかいふこふれをいふせべ。
河内(かはち)かよひける。君(きみ)がめとよふ膏(よ)はげども

うきよ人。いづれをつれてもひくのみか
大将その稽古を好むに究を窮し
小冊は君が式亭の作意なり。あらまほしと
催馬楽うたふ春ならで。駒曳秋に
あらたまりし病の床にかしこまれば草稿
其のまゝにて。我が傍に文箱にありしを

もあらまし。南(なん)仙(せん)笑(せう)のせちに求(もとむ)事(こと)
頻(しき)りなり。されども固(こ)辞(じ)してもだしがたし
おりふし衛(ゑやく)再(さい)度(ど)に及(およ)んで号(ひろき)は合(あい)の手(て)に
口(く)授(じゆ)せしまゐらせしを。たきてへは枕(まくら)の元(もと)に
書(かき)とめおきぬ。稽(けい)古(こ)三(さみ)線(せん)と表(へう)題(だい)し。
なのつゞまりにそのとりの譜(ふ)書(かき)せしむ。

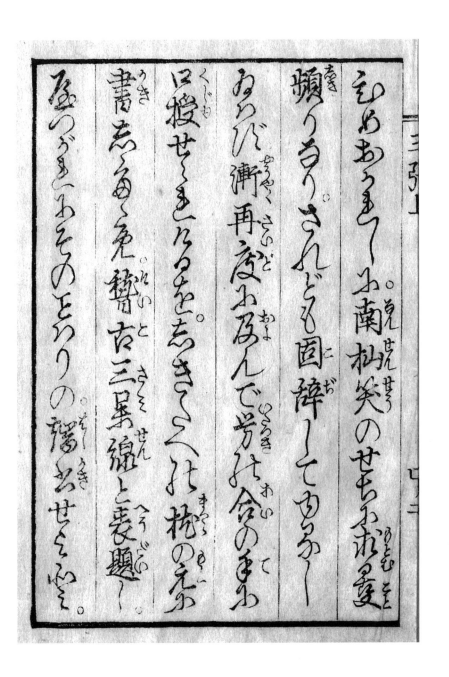

有(あ)るに。楚満人(そまひと)はこともなき三絃楼と雅名(うめい)

せし。いそれこみくちあき友(とも)とちなれば。

稲荷社はいふがごとく。かんだ川あ

声(こえ)ありあけ。ヱヘ まくよ猫(ねこ)の皮(かわ)ト。

古今亭

三鳥誌

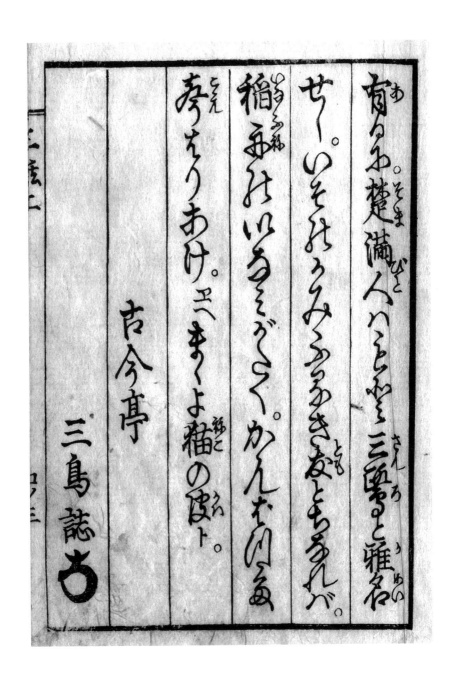

古

三弦上

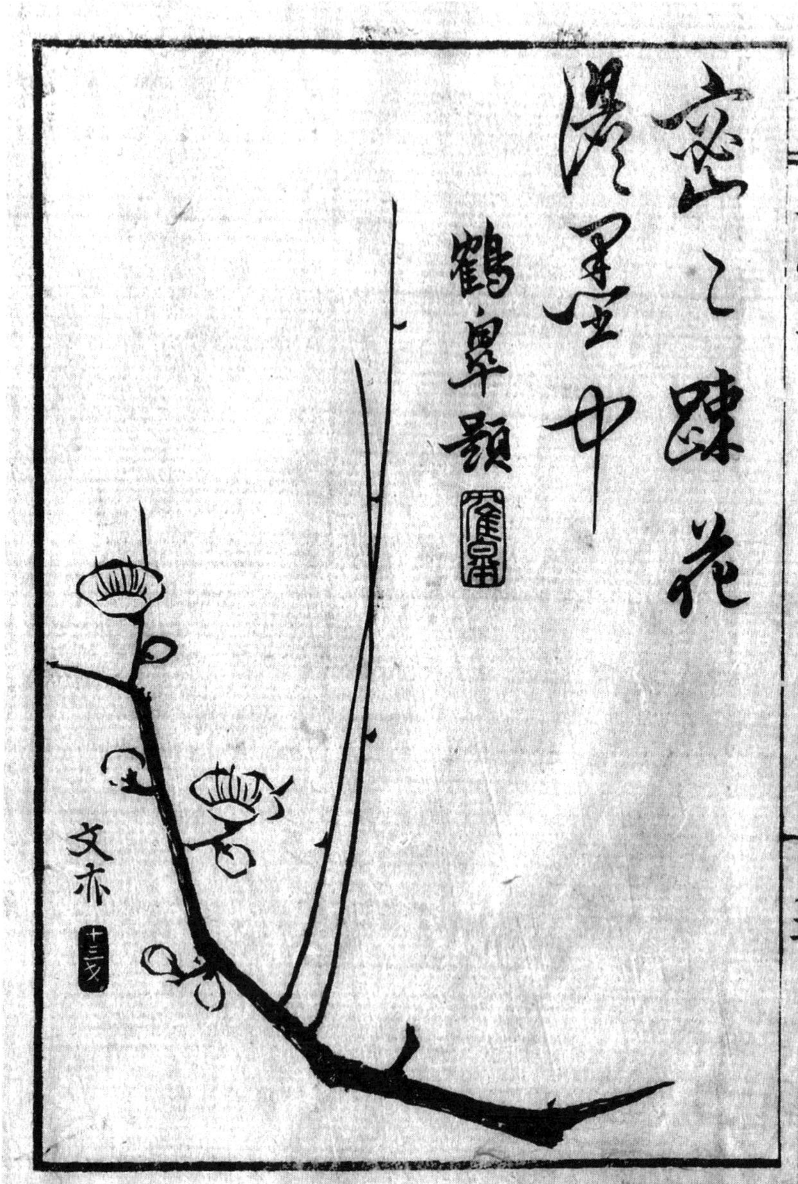
窓之踈花
淺墨中
鶴皐題
文亦

風流稽古三弦巻之上

江戸　式亭三馬原稿

第一計

弓矢ハあたらぬ絃られの的々
ゑまてきて三味線番のけいこ

一間の出格子三尺の開きハ。母親の丹誠よ光る。連枝窓の紋尽しハてうちんやのお弟子うら付届けうら口の障子ハ切張つるに角木瓜の角を張渋し。腰張りの石摺ハ。お接の時すりれんじ入口の掛札。中銅壺より光る墨くろぐと。姓名を顕しけるは。檜物町へ五節句よ南一づくの名取するべし。としのころ二十二三でつぷりとしく いろ白く。ほそしつぼきそのほそてよ
おまるとおきぞの男ぶりをぶるくとあきようかじとつかのあるがら五分のとまとこと絶らうの女ぎ居るでのみながら。たるそろくとぞうくろてある。
ころてこは母親とし のところ六十一二まうぎろ下のうでご入よ。ちりめんのつぎくのどてずきとうくひつかけ。今く川でちやうけかやさんをあらい
あぐらあるのあさひういのうちふあるそとらのかけと 母親おちよ「コレ
ほてうけ小の小ぞとあるらべかけるあつき昼すぎとふくてう
おやえや。ちつと氣をつけ給へよ。きんゆうあてるくぞ 昨日
茶灌をあまくるりし時。おふくろとの尾でとけん 洗 磨

たんごろう。ポン三 おくみやうとまうすよ おとゑ「あんごへ
かくきん。はうちがうゆへおぼしめしことく 母親「何(なん)じやア
絃へはなみ。大既(てへげへ)きまてこんごんごろう。との尾(うら)で茶罐(やくわん)を
とまりちやうしころうとよりでうまゐりこりさ
せうに茶罐(やくわん)がひつくるとおめりこら。だらうくしい
たぬく夏(ご)とするやアろくろみとてこうアおねくヨ。いろう
までも子(こ)供(ども)じやアあれめへし。あんまりに気(き)を付(つけ)
絃へよ おとゑ「そしてごろうでもおちねへうらだまろうてへ

あのをしゝやう様へかナ　母親「コウそふいふてもへ
そんな事をいふが。しかしまことを十二の子のかナ　娘「それほど
「母さましいヨ　母親「なんぞと　娘「なにもいやうだね
へさるト（其頃をとおもひだしの　ものでもえくと思ひ）　母親「コウおやえなんぞといふと
よふくくするが。それで人中へ出られるもん
かナ。とかく子どもは太夫さんのおさらひよりきれく
く、とかくものは酢ぐらのとんぢやくぐらのとかく。
とうくいう様へしやう様へかの。そのときおまへが何と

りくつをいふじやア祝儀(しうぎ)の工面(くめん)でもできねへぢやうで
こうとも稽くうら。一寸(ちよつと)でも顔を出(で)しせへすりやアお
たげくはせうべゑづくごうらとこそねくはいゝのも。
みんなは親(しん)ハなきよりしてゐ人を人(ひと)はこさらこそゐ人と（泣寄）
せいなからアめんどうな。親(おや)の心(こゝろ)子(こ)しらずといふ気(き)（脊腹）
よろくぞくらしくとしやらつくせへ。何(うへ)ぞといふ
と直(じき)まぷくなんとふくまそて。せうせへふぐらうりを（汐際 泳）
とうそをつまうらアして親(おや)でなくうてとんねへよ（数 氏折）

常磐津文字家喜
三弦 上

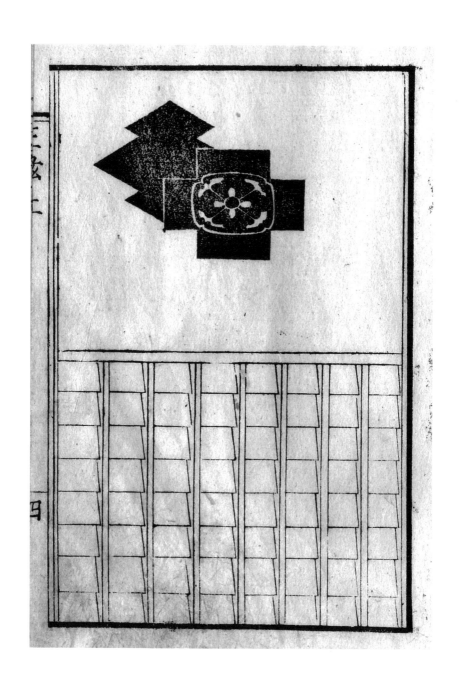

いふものゝ 息子「それでござらアノ時分ひさう万さん
をとらんで稽古をのこしてやりくらおもしやア
稽古ろナ 母親「ヘン文くちどうせうナト おひさうずらかくこを とのをあへつまり
かくてごせうじを あすのぶらかゞ太鼓をも ごうやきん入てくんえ稽古よ。きのふも
おかへいまして くまと稽古ぜ。息子そこのぜゐねへ出して
くんな 大だちの引出しを あけてくれて 息子「かくさん爰だやア稽古ヨ 父親「平三
稽古とがあるもんろ 息子「それとぶつても爰だやア
稽古も忘れたものゥ無理なことぢやアなり 母親「それなら

如来　ふゝはへきみよあつふりけるて見ねくナ　息子「よく
とゞとをりふのうチヨツト　おこうもをおつかゞら押入とおり合の似ざんとり小せんを尺八あつてきてり
女房　サアとけ〈おくヨー　おりやーうんうかゞやのかん太郎とえのあぞえら三尺おびまそひとくとおつきゝのかゞらせうどを
あけておろくみんまさけし
かん太郎「おぞでおぞでおぞんきん。おちやうきんハうち　師匠
買　ろおゝらけ〈め〈よのくがよよよよハ孫孫孫〈か　息子「ろん
何呀　きんおゝくどけ〈いゑんど　かん「きよきよ京橋へ〈す　茶
りきよろけけけ〈よ　母親「おゝく〈のようくの直る薬か
かん「ヘン、おおおおく〈とおく〈じけど。おらようくじやら孫〈

ほへもちつねへものを。ノウちてふさん（師匠）　多兒「そふサ人（ひと）が
つまらぬほへテとをいふのう　かん「ちちちげへほへのまま
まん中（なか）ご。ハ〜〜〜〜〜パ〜〜〜〜　多兒「かんさんおめへ京（きやう）ずじへいく
ふのら。ゆるりざん（新道）みちこァちつてるごろう（知居）　かん「ちち
ちらねへでサ。ゑゑゑゑどツとごめァ　多兒「遠（ちげ）へねへ
（知）そんなららのつゆぐは坂本（さかもと）といふんでの仙女香（せんぢよかう）と
のふおしろい（白粉）をかけて来（き）ておくれ　かん「おおおしろい（白粉）
へろ。ゲゲゲゲそんぶ。ぜぜぜねへ（銭）ごごご〜ほへ。ふるさぶら

にとねくゞア仙女香(せんぢよかう)ハなんなんなんありゞア 息子「かくさん
ぜに(銭)ふところ出(ご)して おくまる 母親「エヽうら せく子とゞア。そこ
ふおらアナ 息子「どこふヨ 母親「その ちらの引出(ひきだし)よ
あるハナナト とまりゆく小だんすのひきだしをあけ銭(ぜに)を出しその内をぬすくかんさくよりて 息子「かんさん
まちけへ(間違)うんなまよ かん「それ えゝ くいうがやそゝそんな
勘太郎 かんてふゝじめア 孫く 孫へ。[illegible] ぐへどとおめアつや
孫へト むすこ 息子「イヨ うり しめア引一 かん「ヘン あらがてへ
エヘゝゝゝゝ 母親「コレサ かんさん まこぜ(銭)ねへ おとしうえ

みさよ　かん「おくがりつぜぜねくおつとといくぞ。ずんでだらう

りさねくめんぞ。そそそん様くるまふるけじやう様く

様くぜエへ〰〰〰　母親「そんならいくけぞもあぶねく

めんぞ　かん「おくおぞきんがあん様くよりふるや。おら

よろ篋く　惣兄「何サあつるやう嘘でよ後生ぞくら

いりて来ておく皇　かん「おくおめく篋そんなふゐふるや

いろくきてめ篋く　惣兄「そやくいりて来きくんな

いひ子ごのう　かん「おくおちうかう焼しがや世話めく

めんどうの。エヘヘヘヘ。どれいくのりてとをかうト　きよとく　しらずら

そこへ出そろ　おやぢ「こまりのめんどうのよ　母親「あんなめんどうをつけへ　使

あんな。せうとうが母けへくあつらへやア　おやれへ　来ここそこらやア

そふしきのりきの仕方をおりてりつくせらぎアあう　しだ

めへ。チヨツとうたよ。金をかいとよト　いゝはずら。おこのおしのれを明　かゞのあしきがゞとうりふとりゞる

のまで二のまとゝがてちりを　つきつけをすてらずら　そばでもうる　悪　ケア稼へ繕どのト

かつらの手にもち　あげてうた世る　おやぢ「まつちやアそんな縫ア　母親「こそのサ

ちうとぶうのきおんごけまどさ。のようちやりく

なんでもねへ。コウおらァ手(ちようと)りつく来る(く)うらの。花(はな)
やきんがきてこちらかによれへ(如来)さまへ(孫)。お花ァまァるて上(あげ)
孫へよろふハ妹(いもうと)のせうつきめへ(名日)にちぶゞア。せつとせ
ト　らおぐりせことりと火だちのうてまへくるとしかまのうへのやきんを
よくひろげかいとの蓋つこぞとふりげさをとるちでどみどそれたあへ
つゝりけるからだぞうきんをうすせるかしのふちへ
うけうずらをとらをぞろりくこんまうこて　おはな(花)ァもう手れや
へよト　おのてへ出(で)ればせうりのかまさる　えりあのをしていゝまなぞるり　ヨやくくとますけへ(小細)ものを
よくとんねへよ(此掘)　あまんるせ(張)へまゝとの。てへ(大体)ナとい(事)
ちやァ孫へ子工。おっ(大)かさいのんでせへ。うえばこのうどのと

うるせへめんどうだ。ホンニよくおまへんなすりくこのう吉(きち)さんハおゝおすびうく。とれくごじやァでへぶ(大分)おとなしく(成長)おまなつるご子上。めふそれでもしうちくおしぶうら。おめへさんのお世話(せわ)もちつく(少)らいひとりよめんごヲホヽヽヽ。何所(どこ)ちよろとそこまでサ。おさのんやまにトひとりむすめ(ちよ七古く)むすよりヶ十ぐらいの女のきせ甚と合をよくとゑてよびうけ繁縁(えい)さんくおめへうぜきそくまねへのご。あゐつがモウせうぬしくつてうら称くヨ。りりてせうてくんなく。おこのんめふしキ手ト

ともいつて

むしり付く ○親父ハそこらこゝりくゞつけ。火箸ちへすゝみをつぎ。ぬつく

りとして茶を一ト口のみ。くわをしめ。しらべのちがつたで

火をあをきかうく火よりうつし上へどびんをのせ おやぢ「さアバきこゑを

かこひざをかへそこゝろり三味せんのてうしをあはせ

あるきい弟子がらぬ。ろく龍吾ハ斧次郎ト どびの川ぞ くろうてゐる

ところへ三十の比四十五六のころ黒く羽織の紋付のたいへんとくらの

おびをしめ。うけうづゝの大小をさし。かたのこむこ入のうへのものくされる

をこより出てむすびかくしの白くあり 与五左「イヤ先生おうち

たるはづよとでてせうしをすき せうじをあける おやぢ「ヲヤお出なさ

かなよ。与五左ご門でござるト おやぢハこんで

さいまし。サア お上り 与五「さアらバご免くでされト

うくあぐ さて今日ハよい天気いよく御障子もなく珍

重よぞんじ奉りますト これハつまさきをする あさきさんごとらあるばら 弟子「ハ〜〜
おまへんどそへ御へどねへ。そんなおしゞとどき
のごとくござゑ。与五「ことさらく御様招。ろい申しくより聖
人の詞よふ。師のかげハ七尺さつてとふとふますが
ともよ世ぶらやまよ真をハうやまよとねバ相ならね
おやて。ハ〜〜〜 弟子「おまへさんハぜうぜんめんござゑ。
そうちやアそのときのハ遊ろくうら子 与五「イヤ昨
日ハおらのめよあつて是を出るがいうやそしつて

かごまく。よふくの事で御門の前をまかるちう所へかけつけた。そこまでまゐりやしたれどもハちよつと出るにも御目付部屋へまゐりて御門札をかりねバ出られねちうものぢやから。とまりそうるぢやテ　おかめ「ヲ
ト云
やくむづかしのめんどう子エ　長五「されバサ。今日杯もお役の戸倉傳五左衛門が。お寺参詣にまゐつて来昼前ハすけ番をいたしておつて来。先生の方へまゐるが。遅刻いたしておかれてナ　ハヽヽヽ　ハヽヽ　おかめ「ホヽ二

ほうお座敷といふものハ義理のものでへめんどう子エ
まへてへらがよつぽどぜんせへ者かりやア。くらしちやあ
らくハねへ子エ奥さまがたのうへのといふもの。めつたニよ
芝居のうんざア見らぶらめへ子エ 金五「ごふいてちよつと
お中屋敷へいらつしやるものハかまはずくハ。
おがむ事も出来る位テ 一ヲやくきやうくらゐのおれ
と子エ。そうして おまへのうんざア何商売をせうばいとする
んだエ 金五「役向かナ。役向ハお奉行所のお役方と

りするやうな小買物(こがいもの)の調(しら)べから。小役人方(こやくにんがた)のお賄(まかなひ)などを割(わり)まする手役(てやく)で。とんと暇(ひま)のない役(やく)じやてナ。其外(そのほか)ハお坊主衆(ぼうずしゆう)の不寝扶持(ねずぶち)や何(なに)やかや皆(みな)まし〜らが掛(うく)りまするサ。それまする奥向(おくむき)ハ又奥向(まるおくむき)で別(べつ)にあるが。マア身(み)どもなぞハ。お表(おもて)のお賄(まかなひ)だろうさト ひとりのミ込を きかせどもこの ちろみ〜おやぢハいつもかはらねバ ミツンてとおかりおはきろ〜ている おやぢ「うんどうもむづかしいの ばかられねへのんご子さ 年五「ナニかまうもんか夏(を)あるト云 のんろ おやぢ「ナニサかまうちやアいかゞ子。むづかしいと

いふ事サ。ヲホゝゝゝゝゝゝ（トおつしくものいひを　つのせうとらハ手する）与五「イヤ　それハ
そふと。手めへハ御指南よあづかろうかナ　多吉「ホンニさあ
ゆるしよせう　ト（いひながら三味せんの　てうしをあはせるばかり）与五「イヤ　やうすがせバ
おいらが事だらう。一昨年江戸表へ勤番に参つて
から。どうぞ江戸表の風俗ちやうのをおぼえやう
て国元へのみやげにいたそうとこゝろがけておりますよ。
せうくの事でなや　ひゐきうめ小花衣よなりまず。
来年ハ国元へ登るかしが。それまでに何とおもふハ

上達(じやうたつ)いたそうなら。おやゑ「できるならちやァおそれは
おまへのうへぎァ太皷(たいこ)の胴(どう)がいゝめんごうら。ちつと
だまり給(たま)らし鼓(つゞみ)きるなら上(あが)るゝとも。手五「撥来(ばちき)ましたばよい
がナ。おやゑ「できるならおまへ子供(こども)でせへあろう
上(ぜう)るりをするのがあつとまさアナ。三の糸「チヨツとの
糸「いゝアよくきこへるヨト。半てだいぶよろしくなつて三味せんへ合せ乙(太皷二上げの替手の引さげ三下りの糸を)
在ちうく いそいて そうぢやァそうしてきこへや町(てう)の上(ぜう)るりを聞(ごらい)て
与五「青矢町(あをやてう)とハ何(なん)なら。おやぢとの事なら。おやゑ「アゝゝゝ ハゝゝ

おでゝと〳〵両国のごんハナ二丁町サ　与五「その事サ
ゑしどもハ国元でハおでゝとといふがナ　喜代「ヨヤく
そふいハ可笑子丈でも何ゝ成田屋ごの大和屋
ごのといふ事ナ。いゝ役者があるの子　与五「ありての
のまゞ悪方ハ嵐友十ナ。実方ハ山村兵太郎ナ。あの
の名らいのが三條国太郎ナ。といふらが指折の役者
どもじや　喜代「ヨヤく国太郎といふのが女形のへ。
ハゝゝゝゝゝ　おしろゝ子丈　与五「ナニおしのちう事が

稽古三弦 巻之上 十四表

あるめんか。此前ハ何やらの狂言のせりふさ
時よト（すとし　えぐへて）ヲ　とまでむらがる盛衰記をせりふ
ごとき山村兵太郎が梶原源太で三條国右衛門が
亀邉のくせるで鬘をふり乱して出ル門で友十が提
原平次郎の役で大井川の先陣あらそひをいふさ
せくと時ハ。互らい盛やうであつて国右衛門やがかやう
うまいはぶりでト（すとしぶりを　せりふがら）せりふねうがらも手本が
推量敵ハ川をとよときさんとふか底の穴をくりあけ

のみとさし待ぞといざやえら悪毛の豹の尾を
うるやませしよ艶智の源太景清さる太刀をするり
と抜し手の大ぶかる小ぶみきり真二つトいふ所を
見せるいのんじや。ろうろく三ゲの津よ。まづ仕人ハ
るいじやてナ。ハヽヽヽヽ　素「ヨヤくとまじやうるえんごう。
記らぐるの中へ。矢口の上るりを入られぶ三子　三子五三伺ぜ
そふでかるいのサ　素「そまでもソノえらくるまげのト
りか文句ハ矢口の上ろりどめのを　三子五「そふうナ　素「でとよ

して榊原源太じやアないヨ。やつぱり梶原だよ
手五「ハアそふかいナ。イヤモ久しい跡の事じやわいら。失
念しゝた事もあるじやテ。ハヽヽヽヽヽ　彦兵「どんなどが
そんなのを見てへんなど紛く。おもしろかろう子エ
手五「イヤ面白いのうえのことなぞうくりちうと五日　ト云
ハ丈夫にしてあるじやて　彦兵「ヨヤく／＼ろうと五日久
短　みぢろけ人子エ。そらそうじやア。きやうげんが出揃うと。
ホてまおしまいのよふなるごろう子エ　手五「何サそれから

又外の芝居を踊るのじやテ　おきん「ヘエそれハおもしろうござ子。

五日志ちやアとりけくもろんご子　与五「めもちろん

おきん「コヤとんごめんご子エ・トいひうずらてうしを合せ　サアけいこ

志よりくり子　与五「やりてくださりまし。エヘンヽヽトらいを

あらずらのあたらでおのつやさとくらのなるがごいまでより　エヘンヽヽト

本をさいて三味せん箱のふくろおきんおのがでふちやさえへ入つぎ

まずめのふきのふ聴日の所ハあらいむづうい所で。詞がある

ひちまそすなり

あるまでけぬるのいぞてす。ハアヽヽヽヽ　エヘン　ヘン　ヘント

ウタイ「さるかどよ時ろりけく天の羽衣うら風よ棚びき

たなびく三保の松原から紀嶌が雲の足高山や富
士の白根ト 羽衣のうたひを大ごゑあげてうたふ面白さおかしさ 三味せんをかくべきまく与五たろうが顔を見てゐる気色
イヤ与五六爺指今日摂山六郎右衛門どの人絃のけれど
まあまつて そのまゝ本を懐中いたさんで。上
るりの本を取違へて まのくぐハゝゝゝ 読咒「アハゝゝゝ
与五人もアアそうそうらしい子エ。ハゝゝゝアゝ おかしい
与五「あらばその本の浄借りてこいト いふ内
あまを 一「こゑるまつア 悩咒。ことっこえ…すに有ふろけ
ぞ 其

与五「子イ〳〵ト いひながら 竹次「十二孫〳〵 といふあるかへ 有者ナト

与五左衛門ハかく ひねくりまはし 与五「イヤどうぞ〳〵爰の所じや〳〵 サア

ヘン〳〵 エン 与五左「この中も仲の町で是をこのみト いやと おひさ

三味線をとくと本ぞり 竹次「アハ〳〵ハ〳〵。ウ〳〵〳〵ヨホ〳〵ハ〳〵

糸ーむかふよりまはり

エヘ〳〵ハ〳〵ホ〳〵 与五「コリヤ何じや。ハア〳〵〳〵ひうる

竹次「アハ〳〵ハ〳〵。モウ〳〵おまへはいつも〳〵。ヨホ〳〵

ア〳〵せつなく。アハ〳〵ヨホ〳〵。そうじやアるいヨ。アハ〳〵ハ〳〵

あまりよろこびあまりて……ちのひきだしより ア、おもしろいぞうるさい子

ト ……目をふさいで

三弦上
十七

 稽古三弦 巻之上 十八表

ゑゐゐゐのぐヨ上るり「とのぢうも仲の町でゝおそのしみト
ゐゐのぐヨ屁をこのしむんドやアらいヨ。へおこのしみを
そおこのしみとりゐ毎らゐりゐんぐヨ三五「ハアアそよ
かるな。ヨーハ又屁をこのしむとやうらあハ吉原ゐのぞ
でハおけんせんどもが屁をおりくこのしみゐりさ
すとそでもおくうさぞんどおく。コリやおゝのが
巾着ドや。アリ〳〵〳〵 ト わざと手ばなして ヨろうめる お家流「ウフ〳〵アハ〳〵
へ〳〵エヘ〳〵アハ〳〵ソ〳〵。アゝせつない ト とまぎらす あまりあほらしくてわけもなく

あつちの人どもとの半五左衛門くのと拵んがつくのあいだをふくとあゆく
いくら教ても教ゆかできぬ内弟子がよいかげんにして来ます
内弟「夕がたハ子アとてまでよして音ふ子エ　半五「それハむづ
かしい所じや。イヤ又明日の事を仕りませふ。やしく
むづかしいものじや　内弟「ナニお手人ちつとさらへすると
だめさ出来ませぬ　半五「でけ申す。イヤさゆう
ならば明日出直しませう　ト　ゆふがたとさし上り口をおそて
ヘエさやうなら　ト　て内弟子よだれをたらしてあとでべつかうでもして
ウタイ「さまゞども浅人夜ハくるしどもひるみえず。ある夜の

嘘言(むつごと)はト　[illegible]のふみをよういうから　ちょいとそばへよってる　[illegible]「花(はな)八桜木(さくらぎ)人(ひと)を

武士(ぶし)とハみゑぬひろうぐら。うぜるよ女郎(ぢょうぶろ)はふられます。

ステレツチヤンくト　小(に)どんはどびろうと　うろうてゐう[illegible]　おむら「あやめさァん

[illegible]「大きな[illegible]うんごふ　[illegible]大　おむら「今(いま)うおうんごふ　[illegible]「稽(けい)

古(こ)をしこの　おむら「そふヨ　[illegible]「うおんサ　おむら「とそふう

せけぐるの　[illegible]「からつきりサ　おむら「おつげで[illegible]ひさ　腹

くーくョ　[illegible]「氣(き)ざごのよ　おむら「アタサ　[illegible]「あまくより

ひどいのがあつぜ　おむら「そふかいのやごのよ。[illegible]

おめへ湯へいつてくるト ちよつといつてくるら ねへおまつよ おまつ「ゑんだと おひら「それ
つんがらごくウ。湯のい所へいきましよ おまつ「ウンニヤ
まだいつくねへヨ おひら「一所(いつしよ)にいこふじやア稼へなア おまつ「お
いらアまだとりぐごヨウ 独 おひら「それならすんだら後(のち)にせふ
おまつ「どふでも おひら「まア後(のち)にしやアいけめへのウ おまつ「あれ 塩
梅次第 ばゞへまでへでいけるヨ おひら「きんからまつくねへよ
のう おまつ「そふして おくれト とまも きこへ おひら「エヽ おまつ「そふ
まてくんなよのウト 大きなこえ とへて おめへとこそ。つんがらごヨ おひら「のが

せてゐるからきこへ猿ヨ　あいかた「得手まのがせくのう
まひら「ぐそとゐらサ　あいかた「君そのろけるのんぶの　両人「ア〜〜ハ〜〜
ありふれ「折節十ツの撞ボヲン　とうふや「豆腐〜〜　あいかた「ヨヤとう
ふやさんが来くヨ日がくちろけへのう　短
米屋の鶏「トツケケツカウ

流行風稽古三弦巻之上　終

風流稽古三弦巻之中

江戸 式亭三馬原稿

第二稽

十露盤の桁にあてゝ見る勘定ハ御門ちもきうちも行ぬ出番のけいこ

無正引の名護屋節ハ酒屋の御用がシテ妙ぐくと大きよお世話まこんだ立カン所へあらバイヨ立まきをも語らぬきゑくらとまを誉て終に調子をくゝハせる東の氣性ハ諏訪の池を走まくらする

ごとく上ハすべりのしと鼻の先の氣ぐらい。けれど
ふ上りと日から臓物でもかくるつもりかそれでは
誰のまね。だまのとこをきるどりそて鼻をかきちら
かし。首をふり廻しそこて見と所が箸にも棒にも
からず。塞がりと雪隠のやうに。むせうに咳ぐらひ
表でも根が出るい毒氣一向に調子にのらず。
長家中でハそうや嫁まつさとりまるほどに
浮名がこちら。路次を通れバ。アノ人ぐもと後ろ

指をさゝれ恥をかゝしても覚ず。そのくせをさらいの時ハ他人にかぎり。えうぎの老松の連獅子と。だいそうよそてそまいうづら。揃ひね無拍子る手をとうち。高慢の鼻ハからうらやより高く。声のよい弟子に難くせをつけ。日がくれると四ツまで毎晩つめきりにするありさまハいやはや下手の横ずきといふべし 昼夜ハひきつゞくさらひのね宿へ夕ぎりの上るりまでさらへるけり「ふ亀あをとがき竹編笠す 赤ぞりて紙子の燧ひぎのさらトきりかけるまへ来る鬚ハとしの頃

二十五六。色青(あを)白(じろ)くきつそうなしよかとみえて松坂(まつざか)じまのきる物。ころ
八丈のおびで二寸五分ぐらゐの帯をまえでむすんでちよこ〳〵してきけりしが
此上るりときいて 傳四郎「イヤアかヽりしきるナ。エヘン喜左衛門(きざゑもん)
うちふるえ。きざゑもん〳〵ト いやなつら うちへんなり ハヽヽヽハヽヽヽ伊左衛門(いざゑもん)の
おのゝくじやが。チト おかしがつてゐるア ハヽヽヽハヽヽヽト
とまふて喜左衛門 三味せんを弾る 喜左衛門「だまつてござれ おのれらが傳四郎(でんしろう)さん
氣(き)が附(つ)る子エ。伊左衛門(いざゑもん)の所(ところ)のきさま子 傳「隣(となり)寛(えん)で
西くつありじや アツハヽヽヽハヽヽ 喜左衛門「うんござる蜜柑(みかん)ごエ。
おかしな名(な)ござ子エ。ござるとのとうくさエ 傳「ハヽヽ蜜柑(みかん)じや 支

るいものは璃寛（りくわん）といふはあのじやものゝ　あしらい「ヲヤ
利勘（りかん）ア勘定（かんぢやう）づく人（ひと）のとうちやア高イ袷へ子　傳「さ
ふとどきやらくと。璃寛（りくわん）とハナ。上方（かみがた）の嵐吉（あらきち）の
事（こと）いの　あしらい「そふかい嵐吉（あらきち）ハ璃寛（りくわん）といふう子エ
ヲヤくそじめて聞（きい）てヨ。それじやアおふうこ嵐吉（あらきち）
ハるなぐらう子　傳「うそだナ　あしらい「それでも利勘（りかん）と
いふうらサ　傳「アハゝゝ　それらい口合（くちあひ）ナ。アッハゝゝゝハゝゝゝ併（しかし）
璃寛（りくわん）も故人（こじん）よりおつとさうい。とうとモウ芝翫（しくわん）

の世の中じや 芳兄「ヲヤそんなら嵐吉ハ故人と
名をとげたこのかた。おつる名だたる狩人で子丑
傳「アハヽヽヽヽ故人とハナ死んだ事じやといの 芳兄「ヲ
やく死んだのが上手ぞろそうだ 子丑傳「イや上手じや
の名人じやのといふさうゑとうの。きたやりが仕
おつな事ハ。直によ中芝居やちんとでおまるがナ
芳兄「うゑんなちんとござへ。おかしい所がある 子丑傳「うく
てよいのらくらうまく上手と違ふて此当地ハ芝居

のすけるの所じやさかい。そうはみえまへん所の。
あちで六まつ道頓堀が六軒堀江から北へうけ
て六三郎もあり。座摩稲荷。そこへ出ると芝居
だんやきさかい。ゑろうたのしみて新町の太夫や島の
内の白人。そのなり芸子とつれて。桟敷をどより
と明させてナ。見るとちやよようて。そうちやモウ
ゑらいナ。イヤ又京の顔見せとゑんせさいナ。初日
いとくモウ芸子おやまたくりじやさかい目の正

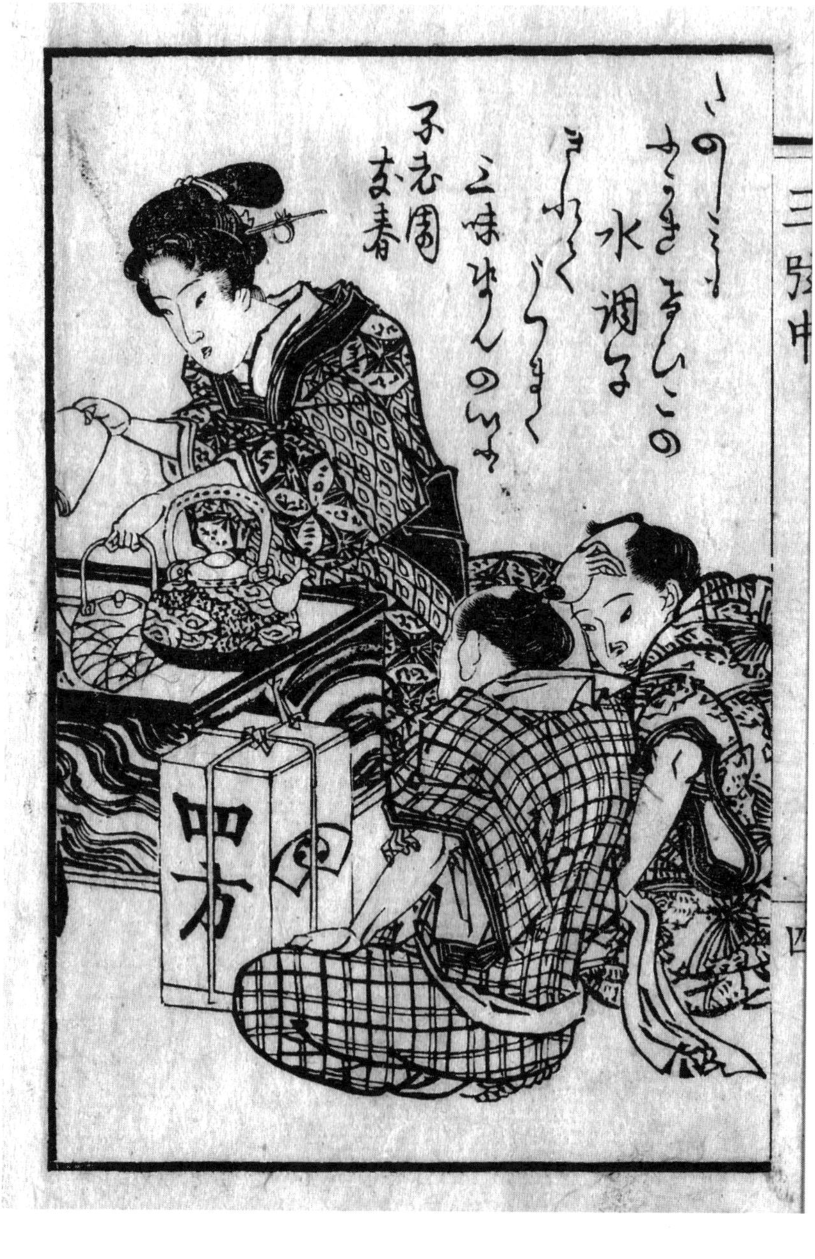
三弦中
四

月とかいふものでヱ。あらい見度ころちやアないの
おゑん「ヲヤそふかねヱ。江戸じやア初日や何かア。女や何
かアいきさやア老ねへ子ヱ。そまでやア何ぞ手あつちや
アそんならふ初日よ女郎との藝者ぞのといふのが
見よいく手。ヲヤくわつぞ子ヱ　傳其代「そんぞのよもだ
もう芝居ハ。跡がとりといけんじやアそふじやさろい。
銀主るなどハ初日二日三日の内よとり上るさるい。
跡ハまアどふでもよいのことみトいふ理屈サ　おゑん「こと

そふとりちくらア違いかんざ子エ。あつちィいつて
是そくかんざ子 傳能「エそのサ。近頃ハあつちでも常
發律がなちいたしやるナ 彝「ヘエそふいィ 傳「戻駕
なぞハ宮薗でかくろが。イヤとりとモウなんまの
常磐津の事ハいけんにてせくらんじや 彝「それ
表やア何ごろうねエ新上るりぞの何のといふ
もるアァ。おつらやア表あく子エ 傳「イヤうゑい所らいのいつ
たのあちふハ其後の太夫がないきろい。それよ又

きやうげん作(つく)りといふものがナ。多くのがすけるわい
さるのでうるく、豊後(ぶんご)ぶしの新物(しんもの)ハでけるわいな
の。それとてハ又(また)御當地(ごたうち)のこつちや。何(なん)であらうと
かまわぬくよ新(しん)ものがでけてたやるきるハ多ら
いそてナ。それとてもその答(こたへ)のおとちハ作者(さくしや)が多ら
のがあるきるの。其(その)うちでもマアこちの上(ぜう)るりハ。
櫻田(さくらだ)治助(じすけ)がいつち多くナ。アノ源太(げんざ)るそへハうまいの
めんどうやチ　お兄(あに)「アノ汝(しれ)汲(んぜ)もいく子よ。よろちやアアノ

かなどはかぐらすのとゞかりのひ子エ 傳「多くおもく兎角
豊後節ハ櫻田左交のとうちや 惣兄「まうしアノ汲
汲をひのゝ式佐さんも。拵屋の正次郎さんもうくろ
たらくら。今じやいけねへ子エ 傳「きまりバサ。アノ時の
ふうと有藤間勘十郎も故人ようりあつさ 惣兄「ヲやく
そのつ子エ。そんごめのご子。そきとじやア涌つさ坂三津
と櫻田むろりのとうくりつ子エ。アリヤアどよもいひヨ
傳「ヨウハアノ役者しもちの衣裳を揃へるきうりぐ。

内へも行楽屋へもちよく行が坂三津ハゑらい名人なんぢやナ　親兄「ヲヤくそふかイ。そりや下じやア方ぐへお知ぞらう子　傳「さよじやト本人うぬぼれぞそふじやきつれうんじやあらうと役者ハみんな安イのじや　親兄「ヲヤいひ手エそりや下やア梅幸や粂四郎の所へもお知る人　傳「いくのぞんうるぞ。いつも初日まへるのでハ誂へものや何やかやでいそがしうてとうとうある きつわじや　親兄「いひねエ。アノ梅幸ハかみさんろ

あるかねエ　傳「うくてよいさ　兔苑「梅幸(ばいかう)のかみさん
うえざアよかろうねエ。あれさ男(をとこ)を亭主(ていしゆ)にもつて
いるからヲホヽヽヽハヽヽヽヽ　傳「ハヽアおまへ梅幸(ばいかう)が御(ご)ひゐきさ
ざまアねチ　兔苑「うヲアよそのむすめがいやうな嫁けどもね。そして
象三(ざうさ)がいゝひねエ。うえんざろ色気(いろけ)があろよ　傳「当時(とうじ)
芸者(げいしや)なるさどの役(やく)まわりとさきてハ大和屋(やまとや)の息子(むすこ)ハ
おつとり女子(おなご)のようだもや　兔苑「どうもいひねエ　傳「おし
つけ大立者(おほだてもの)ようなりなさらうて　兔苑「もうちや女形(おんながた)

でも少しも肌合のあるのがひどヨ。何ぞぐる
らくしゝろうアきま人ぞヨ　傳「みんなともちの女子
象八そをまでや。りくといふまでがともちの當地風じや
ぞんやまいの。ハゝゝゝハゝゝゝ。イヤ又あちでもゑらい世川八
芝翫じや。とてもぞんず目がうれきろい。そこがアノまろ
のゑらい所じや　象八「まことうちイ来ともふるれどもご
子エ　傳「めつとうの事をまのてチ　象八「うその子エ　傳「今
あちでかくろうと一枚じやきろの。あちでせんろうまういテ

教「歌右衛門ハ三味せんもよくひく子ヱ。器用だヨ
傳「アヽアノやろうハ出けるのハよのよ事をうい。何だやあ有
らうまりくさるがナ。イヤとうのだがどうもらだやつく
アノ芝翫がとーらくさいのよ。それりやくでやげるの
そうさう　教「イヱ　傳「アヽうんとまらのようくだやト
ちよろく三味せんのしるきまト　つめ　ヲそそかやく
かうのよのじや「乙女ゆものつきう　のはにほへとこうそこ
うらむまへハかんとのきーやんす盃つらの

そうところ者よふえてちつとねつときんとやうていくらゐぢや 合「ヨヤ
いゑひうくぶ子エ 傳「まづごろくうくるが出つくこまいナ 合「うえ
とりみんごエ 傳「モシ何サト かんがへて ゑひもせず京と
いろさうくら 合者久穴うゑとりまめんす 合朝寝の床を
いろまいナ。そうところ者よふえて 合出るゑみし出ましやうゑ
かいナナト ちくぞ 合「いゑひ子エ おとゑ・い唄ご子エ どうか
いやも上がくこだけできれいじやヨ。そまでござ三津五郎の
とーきえくこ唄もいゑひ手 傳「ハア何ろくへそだ出きんうゑん

時(どき)といふのかへ　忽兵衛「なるほどそのそのサト　客衆「西と戻(うど)

ろうめどろろ西とろ要うらが世(よ)のふのようへづくの虫(むし)の

せうもり　からうきに受(じゅ)でもすへきん廿　傳「アく能名くナ。どうも

君うろの唄(うた)ハ当時(とうじ)じやテナ　忽兵衛「どふもいきでござヘ。

それよりとんな事(こと)をいつくいろより。けれどゥせうろ子

傳「むりくめらいはまあうらいのト　とまにしてあの客衆ハたわしをまあまあそいの傳四

郎ハどこかよあつあつくどまぞ　きのふの所(ところ)ハ名らい衛(ごゑ)るい

気もひねくりましし

所(ところ)じやナ　忽兵衛「カンの所(ところ)アちうくいきふくるけです。

そのうちより手しいむづかしからねへヨ　傳「イヤ何(なん)じやろ
よしにハ悲しらうやくつそ。あんどい所(とこ)じや　[illegible]「それ
ですおまへハゆみとこがいとひうらとヨ　傳「どうじやろ
ト　みんなのかおをはたのつち　でおしまいをする　[illegible]「何(なん)ぞら母ろうう子　傳「まづちとうとよ
角力(すまう)の口(くち)をきゝらへて　おらんまや　[illegible]「サア　ト　[illegible]　のぞとして
ヨヲイ　傳「[illegible]　きらんどよ小林ハ今般の
役(やく)からむつそ。アくよけるい。咽(のど)がゑらいでいさるい
角力(すまう)ハ明日(あす)の事(こと)よせうよいナ　[illegible]「どうでも　傳「お花(はな)

半七のきこのふ出来(でけ)ふくれ所(ところ)ど。ゆつくり見(み)ようこの
象兆「ゆつくりどらん 傳「ケシく〽半七さまの顔をよふ。
象兆「ヲイ 傳「いいいいト 両人うまでもでぬ番条 両人つまぐくり 両人「いやよ若むす
身よ何(なん)のマア。そんなことかうるさせぬうやァくゥ
とまでアせけんゥ〳よあつてイふまヱゑのうひがそへめん
やとりイもゥちィのゥちがそうそのうゐもきえくユン
くるどよ 象兆 三味線 先 チンツンテンチンチよアてもふさァり
ぶァくよそのめうとゐのめゥくんぶりまくァたきヱイ

うヲらアくいイはどきイいどいてくるヂすウきイよ
かけエてはつあおぶらぶはみるうヲてあらうまたー
かんぎけくるどウざアアくアいけ人エくあきえてきーて
きテーイムヴウーーイの三絃チンツチンチチンあゝあゝあゝ
ト又鐘の音つきてかゝるあゝアつウきイはらぬウくるアくアらア
ハアくアくいづもではエんのヲくヲくヲヲヲミむすウびイ
めエくくミまミとのてにすはまへもふとことヲろヲで
まんさアまとエまいぞのかんごとヲよアぞアはあ人て

うきよしイきゑウアゑアウアよイとのふ六ヨイヤよを
まてアリしイぶウ袂よリ――[illegible]「アくよいヨ 傳「ゑく
ろナ。跡をゆらうろナ [illegible]「ゆと六よろつくろけ 傳「き
よゐら戻りと鷺ゆらそうろナ [illegible]「めどりかどを
ゆろうろとりふとかどろきの ゆうぶ子 傳「喧ハゐい
ハ〻〻ハ〻〻 [illegible]「サアすんゐらヨイ 傳「地廻りぶーよ
イくとく恋がウる 三筋 チリりくつのてねぐいのゆ
ゐのウろアもゆウうヨイ [illegible]「そのろふ間がのびちやア

三弦中 十三

こゝろはヨ。わかウろてもウまイ傳 一 月待の所を

せつくおくまや。つきイまアちイひまアちイぶア

いイまアちイやアしまアちイふイどぎアるウわヲ

いきんきアんのヲおまアてめウつまイおふウぞアやア

うウらアやアきアんンよくウあいイせうもヲお

せうヲーとヲきせうヲすねイつウけエしだアとウ

のウひぎアらアきアゑエてつもうとせエのきたア

んムじイかとぢイろアきイよきアもウきてぎイ

アーイナウウまムーらァもウ緒(を)のウうウウーらァがぞよりイ
く世エつウせねウ日(ひ)イハァちやうえムくざァけエとみハ
ゑからーのどやるァいイろァいえくりーゑァリー
能 ゑくろナ 悪(あく)「アくよいヨ。きのふの所(しよ)をけふとせう
ろ子 傳「どふすむげうーいきろい。でけまでゑくが。
エヘンくへ「ゑんウのウぎーイきイくのウへへだとどウ
がウんもくより先(さき)へ氣(き)がァせエろァまエヘテーイ
カァおおがウへエのウとゑイきァんムと。ァくけふハ

マアこれでおきませう。ゑらう咽(のど)がいたみて
せくるいじや　おやえ「すんならあしたのよふかしナ
傳「そふせうかいなアト　ト手をあわせてホイとまへへきてり喜(き)
せるたばこいれを[illegible]まてのけし　おやえ「こうきよウ　是ヲ
お上(あが)りアるナト　ト糸巻の上の糸と などをつきかへす　傳「くさまよふからおめら
いめみそよりのゑ　おやえ「くさいヨ　左指　傳「ゑんのおまへ
ト（ゑんどこを つはぎのせ）　おやえ「そうかやアそふしと。傳(でん)きさんおまへハ
実(じつ)がみのヨ　傳「うぜイナ　おやえ「マアうんげへてごらん

傳「なんでナ何(なん)じやナ　おやゑ「それはこわくでぞくぞくの　傳「エヘエてあつたるものとナ。あるなりけのきれの音(おと)

かゐるぞ　おやゑ「アヽいつみてもめつらしくくるはにて、めつらしく来(き)ておかまでうたいの　傳「ナニサめつてこふとおもて。ツイおつてりとりまでのけくのじや。

毎年(まいねん)ゑびす講(こう)すだふへ。棚(たな)おろしおやきい。いくらもでるがナ。その時(とき)ようてつういまされてのけるのじや。ヘヽヽヽヽ　おやゑ「あいさうよされへ（笑）

支「どれちやアうれしい。われきて おくまのうら早(はや)く
かうてきて おくまにも。買(かを)と思(おも)ふけれども大(ふと)ふる
持(もつ)て来(き)て おくまで ごろうと おもつて。よもやよか
つてまつくいるうちア。とけくしている子エ　傳「イヤ
こまエサ そうはいよいとめるは。ことすまるとも
あふてかいるなア。そうはいふりこまるるとも気(き)術(じゆつ)のふ
てあらんがナ　彦兵「ナアニ そうじやア ねへけれども子。
あんまり おまへが すらして おくまで ごろうらせへ　催

促 そくウすゐんじやア新くが。かんざしよかくしのうら
あつてきそ おくしゐ子エ 傳「アイあつてとりぐくろいナ
おやえ「そよりふといつでもそんな事をおんりいつておい
でござヨト 生まれてから事のないまえ 傳「ヤ心いつさいナ おやえ「嘘だア
かり。てんなおごヨウ 傳「おやおとりいつてでそろまでいさ
いのをア。大相かおりとりふあのもろいあのじやろれろい
の おやえ「アハヽヽヽ おまへりモウどふりやアろふりふご。でおざ
おちをどふりろふゐろアーしてござるヨウ 傳「どれハ

 稽古三弦 巻之中 十七表

まことお銅(どう)じやナ。これハ呉(ご)ふくやの手(て)代(だい)とみえますナ。銅(どう)と質(しち)よとりさこゑるいこといナ お鬼「うまく
傳「それでも銅(どう)質(じち)をとるとりひじやうり お鬼「ア
ハヽヽヽヽハヽヽヽヽ。おかしいそれおか(ミ)るみちやりそれずことが
おもちをとらんぞヨウ。ハヽヽヽヽハヽヽヽヽ 傳「たくさんかす
うちら。ちつとものもことが質(じち)をおきたねめの
おやまア お鬼「そんなぜうぜんをおもひでるれヨ。
みんとうふお手のうんざりア。女郎買(ぢよろかいけく)うえぞよおもいぞ

なら。さぞ女郎衆のことそだおもちよあとりくり
なすつして女郎衆が氣をもむごろう子　傳「十二
そろいナもずヨしらハあそびよいのでもナ。おと
なあり　あそんで。のぬる時ぞハ。とぞくとのんで
おまへさんぐ。とてモウしやうだんのおとるじや
おや　あやめ「よう嘘をおつきなさるヨ。母さましろてきさと
ぎちくりして。ふぎけろうきこりそあきれるヨ　傳「何
サ　ゆんまのことじやヨいの　あやめ「長四郎さんるん

ぞもおいでごらう子 傳「アヽあくのうんのとをら
さうりサ 象花「アノ何うんざア。おとなしうらう様へ
傳「アヽマアよいうげんサ 象花「おまへわどとあぎけやア
まめへ子 傳「ナニましげとあぎけるめんで 象花「それ
でもどよろ。さうまぎこそあでヨ 傳「ナニサ大(だい)の気(き)まぐれ
でけつうらア。ハヽヽヽ〳〵〳〵。イヤ遊(あそ)びとりへ ひさ
まう出(で)うけんが。ゆう手とおくとさのとうゆもるい
めのどや。アハヽヽ〳〵 象花「ホンニ一所(いつしよ)よいう ころ

おもしろくならう子エ 傳「イヤ〳〵せうくの壁の
晩(ばん)仮宅(かりたく)としてハぜうじやナ 喜元「あんぞうよお
出(で)からいろ〳〵 傳「のきイなく 喜元「いつまでも
りうてきさまがみな子エ 傳「やとまれおもしろくならう。
それまじやぞへ 喜元「アヽ 傳「そうさや長四郎(ちやうしらう)も居(ゐ)
次郎(じらう)もつまでりんで。きさまのがくとまらせう。思くナ
喜元「アイヨ 傳「イヤおもしろく〳〵 トなまぎれん がてそ カウツヽと
あまぞとうかみでとぞとでしくうかすまいべとれでう

よーート ひとりうなりごのそはる 無點「傳さんゑのゆをとおりひごエ

傳「イヤゑんでもサ。そんゑら明日はいのよく 無點「お

まちがひのでゑいヨ 傳「去ましー 然とさ 真サ。ゝゝゝゝゝゝゝゝ。

さやうゑらゑら又明日 すこしさきのうちで 無點「へエ さやうゑら

入相のかね「ボヲン/

かき棒の音「チヤランく く く

流行風 稽古三弦 巻之中 終

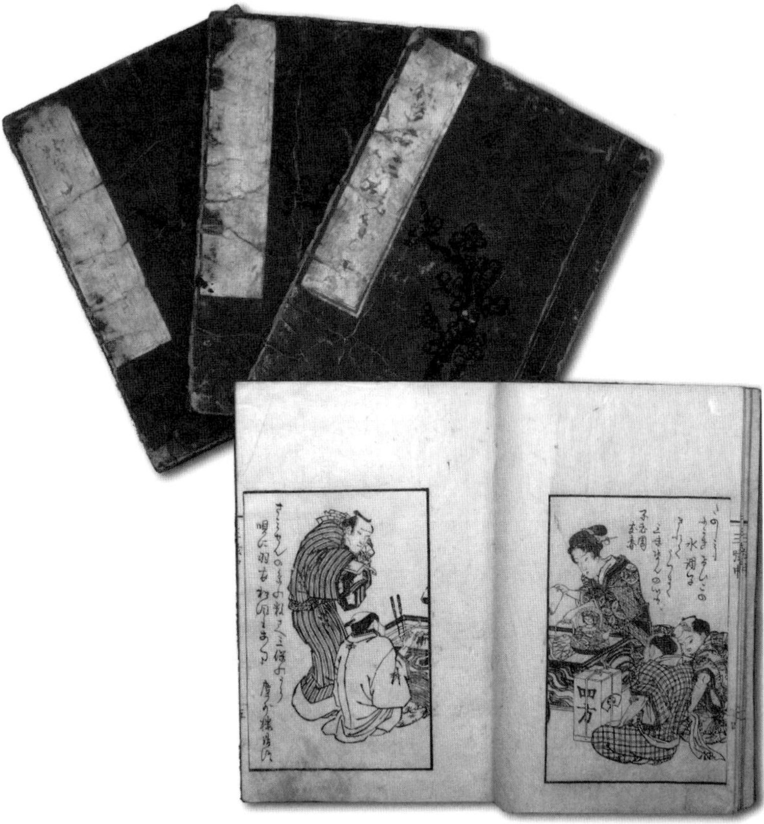

87　稽古三弦

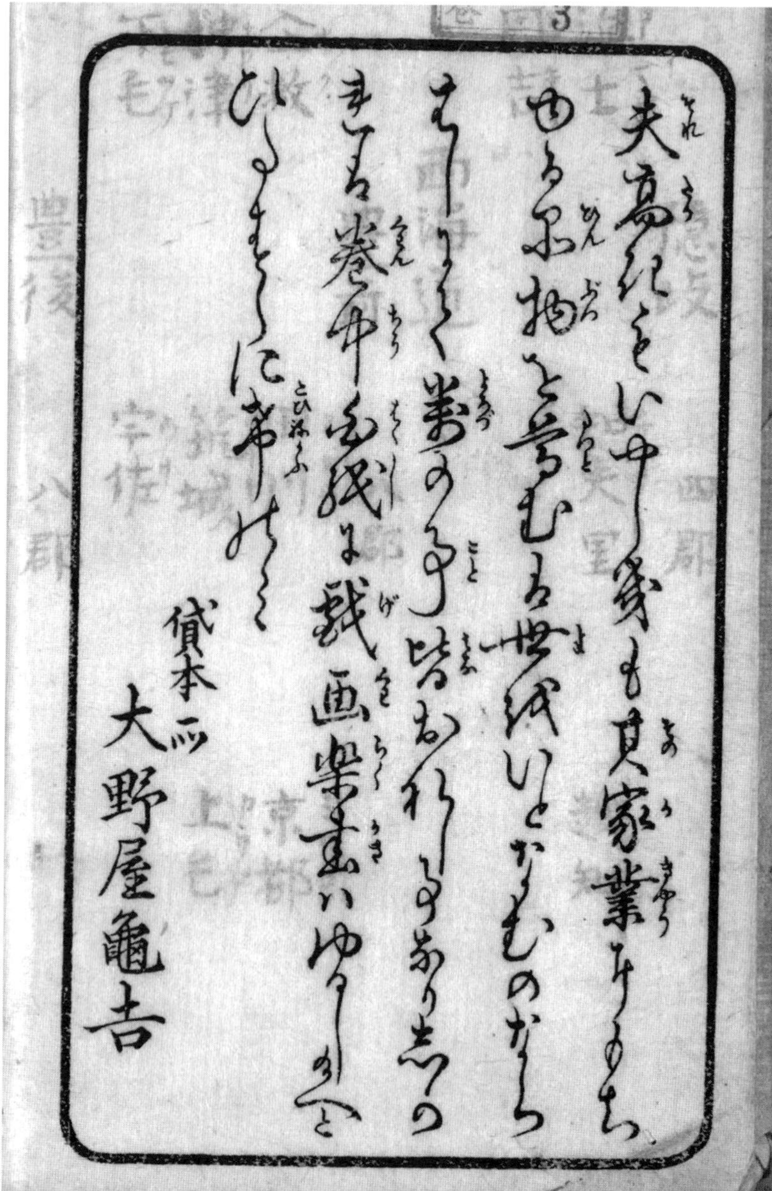

夫高紀をいやしむも良家業なれども
由ある面物と号むる世紙いとかむのかたち
まりうく業のうち皆お行るあり志の
まてる巻中也紙より戯画楽書いゆうしきと
ひろまりしに希ふめく

貸本所
大野屋亀吉

明治十五九

風流稽古三弦巻之下

筭三會

江戸　式亭三馬原稿

仕舞湯でうる門と涼へうるさく来る毎晩のけれと僅八銭とついやして半時の永湯ふ葺賣のくどなたとうるりぎくろ口とふきげくく頬ッへとのりくうるわどと手り。晒布りふんどーハ掛ぐよ干上りとカン所掴の明とたづねうぐらちめ自由に節をつけて。新上るりの當文句。その功をつんだ所が弟子入をするが。めりやすにて所がありうちにテンもツンとものらぬ半の間のうちどきに子供の笑を重ねて。流れのそこを下つてとりくども。お撥の音ハ人並に。出すものハ取られる。その時目がさめて商賣すの身をしまへる心がなる。て浮世うつるかず。毒に来るいちこみ肌ハ 吉五郎ニーのところせ五兵とんのめく引よ大ドの どこまら。三尺手ぬぐひの拳たびハきつのまんぶう

義太夫ぶしをきゝ。あきなひの手ぬぐひをかたへかけて。ふところから
きうすのつまをとりだしてひざのうへにのせ。ゆびかわをはめ。その先へよろしく
八五郎とんのゞてらの下へ手をいれて。さきへおしつけ。くるりを手でなできげ
手ぬぐひを丸めておく。畳の上へのせておく。うちわをもちあげ。ふところを
うなぎひきずら
ぶらりくあるき
八五郎「吉やイ べらぼうよ おどりぐナア。
吉五郎「おらア得手がわるく
ぢりときりあげやナ
くろく。あるうち踊へやイ 八「よくねらつてあたりちらの
母うふでんじよ ぶちやアナ ふるきるめへ踊へやア。
おもひきうく あるきまやナ 吉「それでもいゝこゝろ
いけねへものを 八「そりやへ手まへの

だにナァ 吉「そんな事をいふな。てめへなんぞ出来
ひごとじや。そこまでにやア猫八が懸取つきつめしてそう
つらアするごろう人の一門とかのつく。ぼてら
がうる事をいふナア 八「ヲイそら太の糞があるぜ
吉「ヲイ来てくトぐ 八「エそ人をべらぼうよしこ盲ア
つまてあつく世話ごア 吉「お追付る袋が盲よ
うくとおのけんとごア。ゑんがうあやナ 八「エそ
ゑんぎのよくいをそアのいいまイ 吉「ハゝゝすくえよ

かうぐナ。大きに難儀でござ 八「チヨツてうちんをかりて
くるやアよろしうござナア 吉「手前(てめへ)のあたまでたく
さんぢやア 八「ヘン おいさうじけぢやア。手前(てめへ)ぢやアあん
めへし 吉「くそをくらへエト 八五郎をぢやへえへかとして ぼんのくぼへかゝるあたまを 八「イヤ
おく様をとしゝア 吉「どうしてくイ 八「田町(たまち)の
名物(めいぶつ)とゆうしゝイ 吉「ナニ田町(たまち)の名物(めいぶつ)ご 八「あれ
ぎんごイ 吉「ハゝゝ田町(たまち)の諸込(えんえん)でござい。いきアいゝ
八「ゑごご所(ごと)じやア様。チヨツいゝめへまの 吉「ヨイく

髪の井戸で洗やナ　八「水ゥゥけてくろやナト

ぐそくやかきずり
く井戸のそこへさろ

吉「きるア稼くせ。そくせんぺっく　八「エ、

そんぢよそこらのここらア稼へヨイ。高ぐどふイ

ふんどんぶんぶア　吉「ぐゥつと着物ゥ引ずりあげ

やナ　八「ヨイ来さナ　吉「あれとあしもとろちく

出しやナ。おまへのかんをしてやるべヱ　八「ヱそこぎぞア

りふぬイ　吉「ハレ〜〜〜。べらぼうめきさまのぞア　八「ア

タヨ　吉「サアくぶろうけのぜく　八「よし来りつけや

吉「セウらト三弦をかける　八「チヤテチヤンつべてん　吉「三弦のこゝろのウ
ことしやア三弦のつべてん年じやア　八「氣がつかねへ
吉「モウよろらう　八「インニヤモウ一盃く　吉「いろ〳〵ん
まことをりふせべ。コウそうぢやアいゝがさけへどう〳〵
さイ　八「ヲヽどうしてうけるア　吉「コウあのねへぜ　八「どぶ
ふんどんごんであそびくらうて。こゝで急てちまう
あ　吉「むつくりけへしやア志ねへろ　八「どふぞ
吉「ぬけ続へめんぞぜト　そこらを見まはし　どぶの有てく

三絃下
五

八「一ひまでこりゃ。そそけへおいらんぜエ　吉「口のへら
ねへ奴ぢやうぜエ。そまでごうらどふくおりとちら
らア　八「ヲイ母さ手拭が縁へやア　吉「おまへが知る
めへかイ　八「そんなことをいはずと見てくれエ
八「よく世話やアがるア　八「ともかくもてめへ
のおかげぢやア　吉「そうかイ　八「てめへがつまてゝくれ
とりふうら。とんだめに遭たア　吉「エゝ　困らぶらぶら
君やよきせるぜ。サア能くア　行たア　八「まちやく

下駄アどうしようけなア　吉「よくいろ〳〵なことをいふぜ。下駄の番ハなか〳〵やア　八「そんなことをいはずと見てゐる人　吉「チヨツまつくらでなにもやアな
ねへト（ひくらもちとちうまで見て）ヲイ手ぬぐひ爰にあらア　八「ありがてへ〳〵　吉「下駄アねへぜ　八「ナニねへことがあるのよんり　吉「それとごうくねへもなねへものを無
理なことのよぜ　八「どうで中〳〵やアねへり　吉「きてねへく
手前ゑこゝやナ　八「後生でごア見てくれろ　吉「あのさアく

三絃下　六

長口きて話へノアト こはをもとつまみ井ナ かえかうりゐし べらぼうよ
深イ ふけへむずごろア 八「ふかどうか八幡(はちまん)さまアどうで
吉「うえのとりこころはへ 八「てめへも吐暮(やが)る
めんどうせ。深川(ふかがわ)の八幡(はちまん)さまとのすゑやまでさ 吉「お
きやアげま。おもしろくも話へト びうち八五郎万歳へ ゑをかけとさつまたい 八「る
んどろ落(おち)話へあうどさ。まろくらでころられへ 吉「まろ
くら乃免(ごめん)をきなましろ 八「空(うそ)さアねへ 吉「サアいひ 能
うげんま云ねへな。いかりまでおらうても新(あたら)しろア

三弦 一　六

ゐらおくやナ 八「ヱヽよそすべヱくト まことにどうもせうふうけて コウて

めへの手ねごひをひとつきれくろ 吉「ゐんまするんど

八「下駄(げた)アふろア 吉「御深(ごしん)切(せつ)ござ犬(いぬ)のくその所(とこ)へ

ぞうくりおいてくんねへツサ 八「ハヽヽヽハヽヽヽ サア いこふ 行

吉「大(おほ)きにお待(まち)遠(どふ)さまがきのどくあまれらア 八「そんな

まいらねへイト いひながら先へ立て行 吉「もふいつぺんおつこちつこやア

いひなア 八「ゑんぎ(縁起)でよウつけるねへイ 吉「ハヽヽヽハヽヽヽあく

是からふたり共に修行所の入口へ来て八五郎ハずつと

あんのかアト おくへ入りながらをよふみ所へおいて そこらを見まはして

八「御母(おふくろ)さん雑巾(ぞうきん)をとつてくんねへ おやぢ「八ざん
どうかしたかへ 八「気(き)のきかねへ。どぶへころげたから
こちとらがゆうきさ 母親「そうであやぶねへ けがでもあらア
あなん探べら 八「ナァニ今井戸(いまいど)であらつてきたわ
理屈(りくつ)ざアねへト そひすべら雑巾(ぞうきん)をもつて あしをふき上あがり ヲイ吉(きち)や這入
つもやナ 吉「ヲイト すこしあしをおいて なかりねてゐる おやぢ「モシどうてころころ
ちくおまへのんきさいまいるな 吉「アイト そひすべら内へはいり ゆうをいおちりまちて
い 母親「おまへさんもどうかでおつくこのくん 吉「ナァニ
ろ

鬼兜「八ぎんどうぞこだへ　八「とんだうおめへよちより
くるまたゝみしておのこ吉公を。ちよろぴりお弟子
入よ　鬼兜「おやくそくぞよウイ。サアモシとりもちへお上
あるゝ　吉「アイ爪免ゑ屋へト　八「八ぎんがべら
おうよすゝめるうらちつとだろりからりして
からりとおのりでヱヘヱそこでマア鰻りや
うんぶろようちらアゑ器用、のんぶろ・らで
のびがナア八公　八「人間のからりすとう

稽古くといふもちよがりもちがあるめへなアそふ
おやア稽古へか　おかね「そふサ。ナニぞふきさア稽古の人がネ
おとこの方で三みせんを習つてゐるのは廿五六の男　の太次郎「どれハ
とき六八ひきさしくけれどふくろ吏気さいへうふさま人物で
モシおまへさんもやアまんじめておめへがところ。
おつところ安くおさのんやまず　吉「アイく\ト
をおかね　おかね「そまアでもおつくさア何だぞおやりぐちらさ手
でりろ
吉「エヘンそうアる　八「ナニ吉公ハ何ぞアナ。お門さのさア　吉
稽古へが。べらぼうめ上るのが好ヨ。甘んてくそのが　吉

およんどうぢうとだらりやらうしうら。だあき
まうきくらうとかめて。エて人をうけくナカ川
華けくすくめつよすよ。あきりとすしめこの ちんめくん
所とほくあそとりじ来イゑれくうらう。とそうてくまを
獨のよくら。とんや連て来このヨト 連テ行 松ちち母親 あざるを 見てゐとくあるがら
母親「こうちやア八きんおめへのく人 八「吉公が弟子入
の弟ヨ・お母「ヨやあようしうらりおます。かくさんそうちイ
うんして おかき 母親「とんるエとをあるるさうちとやう

おきみのごくゴヨ。ホヽヽヽ　吉「おめへさんざア久しく
きなさるうへ　のへ「イヽヱ十二三年だらうめへまますが
稽古から出来ませんが。あらしくからいふことへ
のとふり。蟬から蝶へふやアあから稽古へとちがへ
稽古へ。うかしてふう川りて甘へりうりや。りうのままの
おぼりへなるもんサ。おめへさんざアそふだ子。出来
稽古へとりりく。急獲ア　おとしてりうまいアする
だ。いぜうあがるめが稽古へ子エ。そこをおさんがをうして

かゝつてゐるとてア茶飯(ちやめし)へ喰(くら)ひやアがりや
さアるハ〜〜〜ハ〜〜〜　おやえ「のんきさうよ。のん太郎(たらう)さんの
りふ道(よ)でり。どんぐりがでべそサ稼ぐ　八「そのまゝずサ
どんぐり小大吉(こだいきち)とゐふから　大吉　吉「まこと妄語(むだ)といふ
ヨ　三味「アハ〜〜〜ハ〜〜〜ホ〜〜〜　おやえ「おとなしい子エそうぢやア
そうとおれは甘ちう子エ　八「そふスゑんごろうなめん
まりもがうしゐ物(もの)るアいうもいナア吉公(きちこう)　吉「そふス
のえ「おやえさんおまへんがいびじやア稼ぐり　八「それざア

よくよく吉ハおんぶが好ごくらナア　吉「だらアねよ
なイ　さみく「ヲアイヽヽヽ　ハイヽヽヽ　八「吉がすきな甚貴がいひ
やナ　おなか「そふ言ませうる子　吉「どふでもよふど
ザヘス　おなか「すんならあそんでくんなませう子エ
吉「へ　できこうぞやアいひゞト　ここで三みせんのてうしをあはせ
吉五郎よこて手　きさまよあけりる系　まづらそとそかあるかみずてて
おなか「そまじやア迷でヨ。アハヽヽ　吉「お
きやアがるト　いろくひねくり　まゝして三て　うえづる昼あくろうら
よくらアさろだりころらねへ　八もきのどくグッて　八「ナニちうを

だろり本ハゆら稽古ハナ「サアすんゐら名やし

おふつきこくのゥむきァしィふくゥァげエきィよう

きィかすゥみィをゆゑァグァくすゥくすくみィ

だァグァァくくりハテ。愛すでゆひゞやァねんろ子エ

八「そふヨ弟子入の乃きうぎぶろら。とぎらつけへが

ゆひやナトとれより二三べんくりかへしてけのとーも「又わしこよ去年七せう

子エ 吉「むゞろしのめんどァ「八ぎんけのこゝやら

うろ子エ 八「そふ年門てもゆひけずまろうせう

だんやアねへり。吉公(きちこう)のゆつてきこ得手(えて)とおひら 朋

きやアどふござろう　兄(あに)「アよい子　八「かくさんふ

あてくん様へり。何(ゑ)ぞきろうアなくこらいさく来(き)て　看

くん様へナ　母親「久ア六シゲござりつくろうんぞ有(ある)

りあらん　兄(あに)「かくさん伊勢久(いせきう)へいつてどらんナ

母親「うくそふでもあて見(み)せう。サアそけへすことよウ　炭

つめでくんなトナすこどりをのごし [illegible] 「まろうちがつぎゑせう

八「サアかくさんト　四文浅づ壱本ずりぐず　母親「ナアニこ门ちょ

あゝヨ　八「何サめつてきなれへヨ。つまらねへことをいふぞ。
えんぞうめへあゝがいゝぞ　味　持行　母親「そりアぢよつと拵へねへ　如
のるマア、ツ〜〜〜〜〜　サミ線のいときれるおと「バチイ〜〜〜〜〜リ　え「ヲイおい
ゐへ　弟子「のん太郎さんおぶねへヨ　三糸きれるおと　バチゝゝゝゝく　ハチイゝゝゝゝり
吉「二子山でのことをよくしてる。べツゝゝく　八「よくそん
なことをいつてるなア　和吾　吉「あらアくろもちやアサー。　母親
八「看板をとらひ白く敷居はまたぎませんと申てゐまへさんがちよくちよくすべらせてゐるが
ゐるうちわらひ八さんはおらア吉五郎八手がらくしたりそしてつまらねへこと。
あすいおのこんどこそすパくのんだらう　八「ちやきさんかつぶー〜ウ
いつだもおきえたこんどこそ

ちつとかまうじやアねへわ　むす子「うんよすもんざア

八「肴が無へ、ときちやア煮売奴でもすらアナ　むす子「そふ

きれへなすいもんでかいそでかくおくれー　うつかりしだとをだすとそち母親

かへつて　母親「うんかまれへからいゝうめのをとつて

きてやり　色々

あつめて来きヨト　いゝちよきさめの有さらと椀人の持てきてやりろくとこちをみまするし

酒や「おまへいきんろ子　八「ヨイ、イとりちぐ　酒や「へイ　さやう

うまらト　ふくとんをとり　皿を出し　そろちイか取とんうすつくべんら

まつ　のみ「ヨイくグつてんぐく　母親「とうみやアすイ　済

でろヨ 酒や「ハイくト出て行 八「ゑゑごナト 紙のふくろをもつてどてどのさう

素敵ぐさ 母親「八さんかつぶしをもうウくらゐでうゑんのすゝん

だ 八「煮奴をせうと思つく 鰹節 母親「まるゝあれへの。お

かみや烟をつけねへ 娘「あそびにならねへ

吉「ゑんぞ吸ものがあるとひさァ 八「せへさくウりよ

ぜ 娘「サァお烟ハいろひヨ 母親「そうちイださんト

のえ太郎がぶんをもちずきらくれもちずきらきれのよ

うらべそろへ文句もよのまれとかんむすべし 八「時よとうふ 豆腐

買来 うつこぎさアうろめへ のえ「ころちぶいつてきめやせう

母親「十二ひとひよのイ「何ぞ出しなせへといふよト　三ミニとめて好だ婆

吉「かくさんもこけへ（髪）お出しなせへナ　母親「アイく　婆ア「つま

おかんを見とうりク子エトつゞみとするを十五郎　まじめとうをとうて気をくずる　婆ア「とらまる

謁のもぞご子エト　此うちの太郎のえ「ヨイ来きこそこら豆腐ヨ　言うひとろてきて　ふうふ

吉「モシお前かくさんとうちイ来きなみせへるのえ「ハイくおつま

いなきのまゝすナト　とまでよりざんくさうのひとつりぷ大きいさみる　みるみ碎ぶけうてくると母親すゝきぐらるく

母親「ホンニお前かくさんきのておかんなさのまゝとんる　此振

と　夏をりふと　おかしのぶ子との　おやまてのウとん行くよ　此振

するうちァみんなよく〳〵てへ〳〵なこつちやァ稽古人にある。
そうしてァ今じやァ独りで弾ッさゆうよおもふ
てるからつちやァゆうつてうちやァしれへ。ひやうしと
二言めにやァつうんく〳〵しやァがつて。ホ二サのける
あんじやァ稽古人よ。人にやァ乗つて見ろ。騒馬にやァ添て
見ろとつて。ホン二サ。人中ァ見れへ者のァ。みえとう
みゆけねへ。そんなことをいふとおつしいが。おらつち
若けへ衆ぶんにやァ。袖褄も曳ぱてさへしてくれぜ。

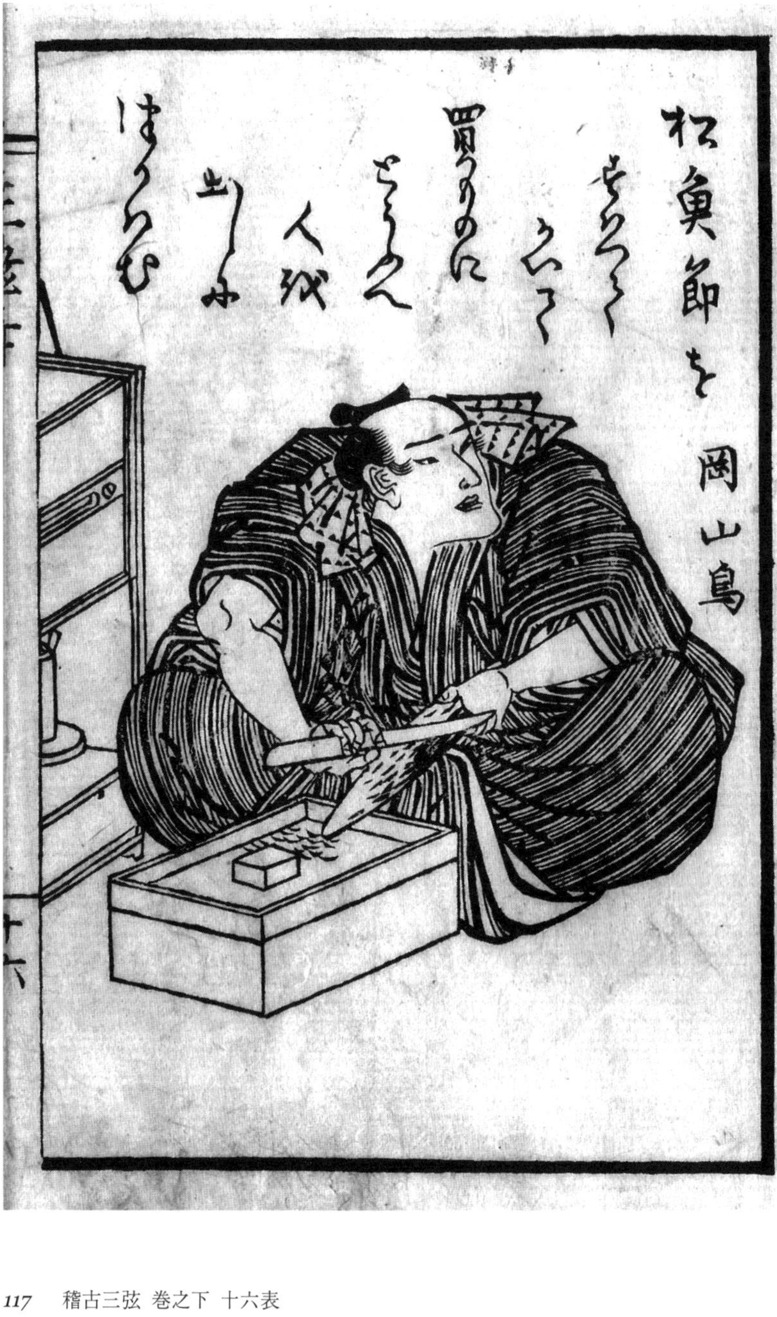
松魚節を
岡山鳥

今時(いまどき)のよけへのえゝテア。ホン二サてへ(大相)そふな遠(ちが)つく
若 のんどヨ 八「コウ おなぢきん おゝへどうもなよ女(うけ)き香る 強敵
の 母親「イヤサ 兄の事(こと)ヨ 親父 まきかくきえが酔(よう)と
ぐちをよりつヨ。兄どうよとまり のえどヨ 母親「十二
うえどと のえ「イく母ゥみかくきえ。うえどチつまら子エ。
そんなエをゆひつとみし。子エ 八ぎ(きう)ん 八「ちげへねへ 遠イ
それよりやア うえぞゆきるみえるよるゥ おつボんど 断
めつがゆひ のえ「ホン三 いきとりやア かり(仮宅)くろアどふで

ござい升すチ 吉「素敵(すてき)とたんやろ子 のえ「ヘエヽうろ
ちらァ流行(はやりこう)よおくまてろ子。まアこの気やせんぜ
八「おやへ強氣(ごうぎ)よぶせくゞノル のえ「大(おほ)きうおサ 吉「かり
たくよろやァ此ろのナァ八ぎノ 八「胡馬(つきうま)ろ 吉「そゝ
八「それなとてァりふるイ 吉「ハゝゝ此とと氣ざが
らァ。おうしいせ 八「よせく 皃「どふしんぐく
たなもしておきろせチ 吉「ナニサ 此八公が子 焼(やけ)そろへ
ゆへよ。去る内(うち)へ押上(おしあげ)つさのサ のえ「さざめて工体(のろま)で

三弦 下 十七

ありませぬね 吉「そよス縁色ぐ〃子。そうちいろ〃
むのそいろサ 三亀「ハ〃〃〃ハ〃〃〃 吉「かきてゐせへゥかゝあ
理屈サ 八「コウよせへ。そんなよくるきやうウするなへ
吉「のびじやアねへかナ おしな「どうかしのごエ 八「おそへ
ものそんなふきてぐぐらねへでものへじやア。ばへか
おしな「そんなよあのひとがどうを嘘てへ。子吉さん
あせるゝナ 吉「うふスアンべらぼうがゝ子。母さらよ女
がどよしゝのよしゝのとさえせよあげすゑ言

チチとうちもどふちらくどこチ。そこでころちが思ふ
ふやアス。とりぢアりちざアして。かのふさるゑ手がぞう交
ける返して チりべりとおりつてチ。一呼よいきこや、しこチ。
ぶぐんるらろアんのうんのとどてゥねりチうら
ねどんるおくこふくぶこ思ひくこら聴ゑ魚へ。頬チ
うんのとこアれへ。獅子の香爐ヨ 五充「ヲやく耳が
いてくチや、十二三ナニサ マア聴ねんし。そこでころちがいか
ナア子。勤が我来で頬が獅子べちやア祢へ。我来の

女郎じやうるりて子。獅子の香爐ヨ。まがきり

ら鵜の方へ。ツン並んでやうがつくくらら子。あんまり

いやくまのいらら。まうちが一番くらアしうけさ子。

まかきさゞよ三人鵜八人いりも五面ハ出来る縁りを。

まらうくさ子　のえ　ウウいやく　三重　うんのとろくさ

縁へ　のえ　桃栗三年柿八年とりよころくさアナ　三重

そふざ子ヨホ〳〵〳〵　のえ　夫　そいうらどう〳〵子　吉　岐

縁し〳〵。まうちよあがまていやみ子　のえ　へおも　面白

よし子 吉「野(ところ)とよろぢが上(あが)らねへのえ「なくろ母子 吉「そ
とがおめへ山ごつチ のえ「フムウハテ子 吉「そとでよろぢがいふ
ゐァ種(たね)ろしごッサ。子「ヨ丈(それ)でも上ろァ上(あが)るべゑてへ
たら子。おまへがぬ手のウ嘘(きく)くねへ。おめへとけへあがられへ
で塩子屋(えんごや)へ上(あが)るばかりとぬかしやァがつたから。ぐウ
うッとおめへお障子(さうじ)子 のえ「こいぎァそふごろうス 吉「そ
からゆめへまへのくら。二人(ふたあ)りで押上(おしあが)りし子。人をつけへ
よしご。おめへの袋(ふくろ)が死(しん)でおめへし家倉(ちやぐら)をうろウと言て

釜のうへのこ。むすこ一行(いつかう)くと極(きはめ)てゐるどうくらっ
べらぼうめ白鳥(はくてう)のとつくりをぞろう並(ならべ)べやアがつて子。
そのくら嘘(き)様んし。ふこありうずらからりけつぞアズ。おき
まられねへ子。附馬(つけうま)よありがてへじやアねへかそれけへ
いうちやア又八公(またはちこう)うへぎやア人(しと)がことうといふ子。しめへにやア
けんくわをしかけへして。附(つき)むまアふこむことし子。その上(うへ)
よのひぐさいがどやアねへかアくまふあんまへしてんへっ
よ一ちよぼづつおでもちんくとうくら。小塚原(こづかつぱら)から大千住(おほせんじゆ)の

方をくらアしつけるふといやつらだ。ふてへつらい男ヨノウ
八「そりやアひよんな事をいふないそれ其時やアナ。てめへが
先イふみ踏倒したそふだといふくせア 吉「そんな嘘をつくないき
いさふかるな 母親「ときにおまへきうきはアどけへいつたノ 吉「ヲヽそう
ちぐく 八「おうふちが浦きやアしねへぞ 吉「モウ蚊よ
うろちよまくらア 八「くちのへらねへ奴をいふなア の「そこら夢
そふとかくされまさ有そ 母親「イヽニヤ の「それじやア
ちやうどすトぐる 吉「コウおらアどけへいかんだナ の「何サちようど

まみつよサ 八 「ゆげちやア おいねへぜ のえ 「ナアニサナニ 逃てる

めんくト あまてつ臣しがまくさ 寺弁さげてまわり サアおつくろや 髪へ母親 「アイく

ホン三男といよめうア氣さんじごねへ。ようちらん所

のが男で見るよせへてへく。世話アあやるごろつス女で

せへうアんのかのとうるせへめウート そろくまさ ぐちをいふ 大体 「ヘヘ

うちや ねんじまつさト ねへうぢら三味せんをきあうでおよびどうま と行てて一を合せどいつまひきあすう

「さけ上八米のみイづウ母やろうどやうさいイぐアい氣うえウ

ざけんなアハア母やさアんムせえり のえ 「シテ妙ごく

三味線 ステレツテン〳〵 八「ゆきイで小(と)ゆきこみイでエのゝちず
いまちずよゆめきずままきずゥ人(ひと)もあめるウしヱウて
まこあどうよふいり 吉「サアきこゆるはあのや黄石公(くわうせきこう)
が土橋(どばし)のうへから履物(はきもの)おとして立とまりさア張良(ちやうりやう)さ
んたどりろうぢらおくのんのうしまずウりのアどゥ 頼
りうどん〳〵ッ おか見「むかふゆイとうほくゑてエどうとあい
とまきるとゑすぐゆイろのアまイだアまをウきりぐ
すゥリ 吉八のえ「サツサイ。エそ嬶(かゝ)ぞ〳〵イト はうち毋親六そまぶきと あつらへのせくと礼六

三弦 下

廿一

こんやのうちのおどりを見ながら　母親「サァあついうち。どうでもお上りあそばせ。
とはいけねへヨ　息子「かくさんどうちイ一ッとお宜上チ　母親「サァヨト。
そばのものを　三人「これぎやアありがてへト　去ぬらくみちくどがうの「そばを
とうてある　有難　りうまくござりまそ「くおさ
スッスッ　舌打　チヤッ〳〵　のえ「むぐう〳〵　ちそさんでござんす　味　何所
母親「大村サ　三人「道理でござア　四ツの　拍子木カチカチカカチ　ろじを　ちゞめる
浄瑠璃の声色　チヤラ〳〵〳〵〳〵　おや兄「モウろぢよウ来やうのふ　路次
母親「モシかしておくんなせへましヨウ　八「イヤ四ツでござアけへ〳〵　帰
ろう　息子「アよれハ手エ　吉「又翌アしごとすぐさア　のえ「イヤ皿一所

娘「ふめへりまちせう　三人「とうやうかくさく大きなる　母親「ハイく　娘「ど

るくむさやうなら　三人「アイお体ミト　あとハねるくくとうくこれ　るぶらろくを出るト

犬「ワンく　ワンとく　吉「エゝこんちくせうめエぶち殺すぜ

八「ナニぶち殺す。下馬じやアあるめへし　三人「ハ〵〵〵　ハ〵〵〵

棒「チヤウンく　火の用心さつしやりませ〜

風流　稽古三弦巻之下　終

三弦　下

廿二

後編　其継棹（そのつぎざを）　式亭三馬原稿

楚満人校正

三編　心の太棹（こゝろのふとざを）　歌川國直画

文政九丙戌春彂行

江戸　馬喰町二丁目　西村與八

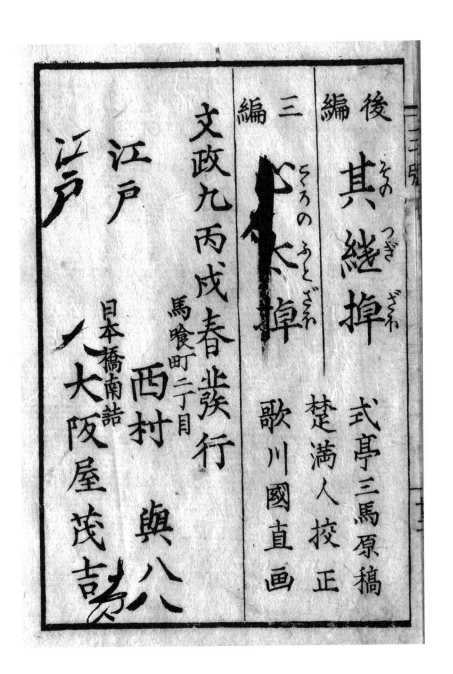

江戸　日本橋南詰　大阪屋茂吉

翻刻編

(ロノ一表)

稽古三味線序

花のもとに謳ふ。つれ奏には男女の中をも。やはらげ。月にうそふく。舟のうちの三味線には。猛きもの、ふのこゝろをも感ぜしむ。糸竹の道ながくつたわり。五風十雨の調子笛時を

(ロノ一裏)

たがえず。実に太平の世のもてあそびものとはなりぬ。されど夕アに岡崎女郎衆とうごめきしも。功なり名ひろめのあしたより。茅ケ軒端の門口に。何某とあらたに札をいだせば。河内かよひの。君がもとに寄つどふ

(ロノ二表)

うかれ人。いづれを見てもひかる大将。その稽古所の穴を穿し小冊は。吾式亭の作意なり。しかはあれと催馬楽うたふ春くれて。駒曳秋のなかばより。病の床にふし給へば。草稿なかばにして。そが儘に文箱のうちに

(ロノ二裏)

ひめおかれしに。南杣笑のせちに求る事頻りなり。されども固辞してゆるし給はず漸再度に及んで労の合の手に口授せられけるを。しきたへの枕の元に書したゝめ。稽古三味線と表題し。やつがれにそのことはりの。端書せよと。

(ロノ三表)

有るに。楚満人はもと三鷺と雅名せし。いそのかみふるき友とちなれば。稲舟のいなみがたく。かんばつた声

はりあけ。ヱへまゝよ猫の皮ト。

古今亭

三鳥誌

(ロノ三裏)〈図〉

(ロノ四表)〈図〉

(ロノ四裏)〈図〉

(ロノ五表)〈図〉

(ロノ五裏)〈図〉

＊図中に「密々疎花　瀑墨中　鶴皐題」

(上一表)

風／流　稽古三弦巻之上

江戸　式亭三馬原稿

第一計　弓矢にあらぬねらいの的は／それてきた引番のけいこ

一間の出格子三尺の開きは。母親の丹誠に光り。／連枝窓の紋尽しは。てうちんやのお弟子から／付届け。うら口の障子は切張りに。角木瓜の／角を張潰し。腰張りの石摺は。お揆の時すり

(上一裏)

はがし。入口の掛札。中銅壺より光り。墨くろ〴〵と。姓名を顕はしたるは。檜物町へ五節句に南一づゝの

名取なるべし　としのころ二十二三でつふりとして／いろ白く。小もんつむぎの小そでに　しまとあさぎの　男おびをぐる〱とまきよふじをつかいながら五匁／のたばこを。朱らうの長ぎせるでのみながら。はなうたをうたつてゐる。　こなたに母親としのころ六十一二。まつざかじまのわた入に。ちりめんの／つぎ〱のどふぎをうへ丶ひつかけ。今くつたちやづけぢやわんをあらい　ながら。ながしのあわびかいのなかにあるかわらのかけを／見てなにか小ごとをならべかけるもつとも昼すぎとみへたり　母親おひよこ「コウおやきや。ちつと気をつけねへよ。きんによふてめへが薬罐をあれへなつた時。おふかたこの瓦でみげへ

（上二表）

たんだろう。ホンニおめへにやアこまるよ　おやき「なんだへか丶さん。わつちがなによふをしたとへ　母親「何じやアねへわな。てへげへしれたもんだア。この瓦で薬罐をこすりちらかしたろう。とふりでうまれかわつたやうに薬罐がひかるとおもつたら。ばか〱しいたま〱事をすりやア。ろくなこたアしねへヨ。いつまでも子供じやアあんめへし。ほんとうに気を付ねへよ　おやき「それだつてもおちねへからじれつてへ

（上二裏）

ものをいひじやアねへかナ　母親「コウそふいふとてめへそんな事をいふが。いひことをナニいふものかナ　おやき小ごへ／にて「やかましいヨ　母親「なんだと　おやき「なにもいやアしねへわなト　きせるを火ばちの／ふちでとん〱と叩く　母親「コウおやきなんぞといふとよウ〱つん〱するが。それで人中へ出られるもんかナ。こねへだものん太夫さんのおされへにいきねへ〱といふのに。酢だのこんにやくだのといつて。とう〱いかねへじやアねへか。そのときおれが何と

（上三表）

いつた。それじやア祝義（しうぎ）の工面（くめん）でもできねへやうでみつともねへから。一寸（ちよつと）でも顔（かほ）を出（だ）しせへすりやアおたげ〔互〕へにせうべゑづくだからと。こんねへにいふのも。みんな親（しん）はなきより〔泣寄〕と。てめへを人（ひと）にわらわせめへとせい〔背〕はら〔腹〕アもんだアな。親（おや）の心（こころ）子（こ）しらずと。いひ気（き）になつてぞへら〳〵としやらつくせへ。何（なん）ぞといふと直（じき）にぷくりんとふくれて。せうせへ〔汐際逐〕ふぐからつりをとりそふなつら〔顔〕アして。親（おや）でなくつてこんねへ〔此様〕に

（上三裏）〈図〉

（上四表）〈図〉

＊図中に「常磐津文字家喜」の看板

（上四裏）

いふものか　おやき「それだからアノ時（とき）アひよろ万（まん）さんをたのんで祝義（しうぎ）をもたしてやつたからいひじやアねへかナ　母親「ヘン又（また）くちごうせうナト　いひながらかた手（て）を／よこのはめへつかまり　かたてゞせうじを／あけながら大声（おゝごへ）にて　水（みづ）やさん入（いれ）てくんねへよ。きんによふ〔昨日〕もおめへいれてくれねへぜ。おやきそこのぜね〔銭〕へ出（だ）してくんな　火ばちの引出（ひきだ）しを／あけて見て　おやき「かゝさん爰（こゝ）にやアねへヨ　母親「ナニねへ〔無イ〕ことがあるもん〔有物〕かおやき「それだつても爰（こゝ）にやアねへもしねへものウ無理（むり）なことばアかり　母親「そんなら

（上五表）

によれへ〔如来〕さまにあつたつけ。立（たつ）て見（み）ねへナ　おやき「よくこゞとをいふのうチヨツト　したうちをしながら押入（おし）ととなり合の／仏だんより小せんを四文もつてきたり　サアこけへ〔爰〕おくヨト　おりふしうらながやのかん太郎こ

んのも、引どてら／三尺おびにてひよこ〳〵とあるきながらせうじを　あけてじろ〳〵／見まわし　かん太郎「おばおばおばさん。しちやうさんはうちか。おらけへものにいくがよよよふはねねねへか　おやき「かんさんおめへどけへいくんだ　かん「きよきよ京橋へくすりよウけけけへに　母親「おめへのよい〳〵の直る薬か　かん「ヘンおおおかたおかたおかたじけだ。おらよい〳〵じやアね、

（上五裏）

ねへも切ねへものを。ノウちてふさん　おやき「そふサ人がつまらねへことをいふのう　かん「ちちちげへねへのままままん中だ。ハ、、、、、、／ハ、、、、、　おやき「かんさんおめへ京ばしへいくなら。いなりじんみちよアしつてるだろう　かん「ちちちらねへでサ。ゑゑゑゑどツこだものア　おやき「違へねへそんならのついでに坂本といふんでの仙女香といふおしれへをかつて来ておくれ　かん「おお　おしれへか。ががかつてんだ。ぜぜぜねへだだだしねへ。べやぼう

（上六表）

にこねへだア仙女香ははははやりだア　おやき「か、さんぜによウ出しておくれな　母親「ヱ、うるせへ子だア。そこにあらアナ　おやき「どこにヨ　母親「そつちらの引出しにあるはナト　これにて小だんすのひきだしをあけ銭を／出しこの内をぬいてかん太郎にわたし　おやき「かんさんまちけへなんなよ　かん「は、はばかいながや。そ、そんなかんたようじやアね、ねへ。だへだとおもふ。ア、つやもねへト　にら／む　おやき「イヨなりたやア引　かん「ヘンあいがてへヱへ、、、、、、、　母親「コレサかんさんまたぜねへおとしなん

（上六裏）

なよ　かん「おへがいつぜゞぜねへおつこといた(落)。ばゞばかアいわねへもんだ。そゝそんねへなまにゆけ(間抜)じやアね、ねへぜヱへ、、、、、、、　母親「そんならいゝけどもあぶねへもんだ　かん「おゝおばさんがあんねへにいふなや。おらよつべへ　おやき「何(なに)サありやア嘘(うそ)だよ。後生(ごせう)だからいつて来(き)ておくれ　かん「おゝおめへがそんなにいふなやいつてきてやゆべへ　おやき「はやくいつて来(き)てくんないひ子(こ)だのう　かん「おゝおちゆふうゑし(嬉)がやせゆも、

(上七表)

もんだの。ヱへ、、、、、、／へ、、、、、。どへいゝいつてこよふかト　ひよろ〳〵／しながら　そとへ／出て行　おやき「こまりもんだのふ　母親「あんなもなアつけへ(使)なんな。せわがやけてなりやアしねへホンニそりやアそふしきつきの仕事(しごと)をもつていつてやらざアなるめへ。チヨツとりにくればいひにト　いひながらしたのおし入れを明(あけ)／ほぐのしきがみよりふとりじま　のわたいれをだしちりを／つまんですてながら　それでもわるかアねへ縞(しま)だの　トかた手にもち／あげて見せる　おやき「わつちやアそんな縞(しま)ア　母親「そふサちつとぶいき(悪)もんだけれど。さのみうつちやつた(打捨)

(上七裏)

もんでもねへ。コウおらア一寸(ちよつと)いつて来(く)るからの。花(はな)やさんがきたならによれへさめへ(如来様)。お花(はな)アかつて上(あげ)ねへよけふは妹(いもふと)のせうつきめへにち(名日)だ。ア、やつとこサ　トたちあがりすみとりを火ばちのそばへなをしかまのうへのふきんを／よくひろげかゝとのへつたぞふりげたをくちでごみをはきあしへ　つゝかけなからぞうきんをうわながしのふちへ／かけながらそこらをじろ〳〵見まわして　おはな(花)アわすれめへよト　おもてへ出(で)ればとな

りのかみさま／はりものをしているを立どまり　ヲヤ〳〵こまけへ(小細)ものをよくこんねへ(此様)におはんなせへましたの。てへ〳〵(大体)ナこつちや(大事)アねへネヱ。おふきい(大)もんでせへ。なんだのかだのと

（上八表）

うるせへもんだに。ホンニよくおはんなすつたのう。吉(きつ)ざんはおあすびかへ。こねへだ(此間)じやアでへぶおとなし(大分成長)くおなりだネヱ。もふそれでもたつち〳〵おしだから。おめへさんのお世話(せわ)もちつた(少)アいひといふもんだ。ヲホ、、、、、、。何(なに)サちよつとそこまでサ。おたのん(頼)申ますト　ひとりしやべり／ちらしゆく所へ　むかふより四十ぐらいの女いきせきと／くるをよく〳〵見てよびかけ　髪結(かみい)さん〳〵おめへなぜきてくれねへのだ。あいつがモウやかましくつてならねへヨ。いつてやつてくんなゝ。おたのんもふしますト　いひ／たい

（上八裏）

ことをいつて／はしりゆく○おやきはそこらとりかたづけ。火ばちへすみをつぎ。ぬるく／なつた茶を一ト口のみかほをしかめ。しろほのはなかみで　火をあをきやう〳〵火になつた上へどびんをのせ／かたひざをばたてたなり三味せんのてうしをあわせ　はなうた「させばきをやるさゝねばやらぬ。とかく筏(いかだ)は竿次第(さほしだい)ト　どゞいつを／うたつている　ところへとしの頃四十五六。いろ黒くもへぎの紋付(もんつき)のわたいれにこくらの／おびをしめ。うけうづかの大小をさし。かわのたばこ入のかなものゝとれたる　をこよりにてむすびかゝとの白くなり／たる足によごれたせつたをはき　与五左右衛門「イヤ先生(せせい)おうちかな。与五左右衛門(よごさえもん)でぐざるト　せうじをあける／おやきは見て　おやき「ヲヤお出(いで)なさいまし。サアお上(あが)り　与五「しからば御免(ごめん)くだされト。うへゝ／あがり　さて今日(こんにち)はよい天気(てんき)いよ〳〵御障(おんさは)りなく珍(ちん)

(上九ノ十表)

重にぞんじ奉りますト　ていねいにしきをする／おやきはわらいながら　おやき「ホ、、、おまはんごてへねへだねへ。そんなにおしだと。おきのどくだよ　与五「これは〳〵御挨拶。いにしへより聖人の詞にも。師のかげは七尺さつてこれをふまずともふせば。うやまふ事はうやまわねば相ならぬじやて。ハ、、、、、、／ハ、、、、、　おやき「おまはんはぜうだんもんだよ。そりやアそふと。きのふは遅かつたらうネ　与五「イヤ昨日はゐらいめにあつた。是を出るがいなや。はしつた

(上九ノ十裏)

ほどに〳〵。よふ〳〵の事で御門のしまるちう所へかけつけた。それにはやわしどもはちよつと出るにも御目付部屋へまいつて御門札をかりねば出られぬちうものだから。こまりはてるじやテ　おやき「ヲヤ〳〵むづかしいもんだネヱ　与五「さればサ。今日杯も相役の戸倉傳五右衛門が。お寺参拝にまいつたゆへ昼前はすけ番をいたしおつたゆへ。先生の方へまいるに。遅刻いたしおつたてナ　ハ、、、、、、／ハ、、、、

おやき「ホンニ

(上十一表)

まアお屋敷といふもなア。義理のかてへもんだネヱ　わたしらがよふなぞんぜへもんにやア。くらしちやアゐられねへネヱ。奥さまだのなんのといふと。めつたに芝居なんざア見られめへネヱ　与五「どふいたして一寸お中屋敷へいらつしやるにも。なか〳〵われ〳〵は。おがむ事も出来ないテ　おやき「ヲヤ〳〵きうくつなもんたネヱ。そふしておまへなんざア。何をせうべへをするんだヱ　与五「役向かナ。役向はお台所のお賄方と

（上十一裏）

いふて。さま〳〵小買物の調へから。小役人方のお賄などを割わたす役で。とんと暇のない役じやてナ。其外にお坊主衆の不寝扶持や何やかや。皆わしらが掛りサ。それも奥向は又奥向で別にあるが。マア身どもなぞは。お表のお賄ばかりさト　ひとりのみ込て／はなせどもこの　はなしおやきにはいつかうにわからねば／たゞフン〳〵とばかりあいさつしている　おやき「なんだかむづかしいわからねへもんだネヱ　与五「ナニわからんちう事のあるもんか　おやき「ナニサわかつちやアいるがネ。むづかしいと

（上十二表）

いふ事サ。ヲホ、、、、／ホ、、、、　トおかしくもないことを／ついせうわらいする　与五「イヤそれはそふと。チト御指南にあづかろうかナ　おやき「ホンニさあやりませうト　いひながら三味せんの／てうしをあわせる此うち　与五「イヤかやう申せばおかしな事ながら。一昨年江戸表へ勤番に参つてから。どうぞ江戸表の豊後ちうものを。少々うなつて国元へのみやげにいたそうと。こころかけおつたに。やう〳〵の事ではや此やうに。御厄介になります。シタガ来年は国元へ登り申が。それまでに何と少々は

（上十二裏）

上達いたそうかな　おやき「できなくつちやアサ。それにおまいなんざア。声の壺がいひもんだから。ちつとばかり習うと。直さま上るわな　与五「出来ればよいがナ　おやき「できなくつておまへ。子供でせへおつう上ろりをかたるのがありまさアナト　三の糸／きれる　チヨツこのいたアよくきれるヨト　大森みやげの香箱の引出しより糸を／出してずふつとなめて。三味せんへかけ直し　ばちり〳〵／いわせて　そりやアそうとふき

や町の上ろりを御覧か　与五「葺矢町とは何かな。おでゞこの事かな　おやき「アハ、、、、、／ハ、、、、

(上十三表)

おでゞこたア両国のだはナ。二丁町サ　与五「その事サわしども国元ではおでゞこといふがナ　おやき「ヲヤ〲そふかい。可笑ネヱ夫でも何かへ成田屋だの大和屋だのといふやうナ。いひ役者があるかネ　与五「なくてわいの。まづ悪方に嵐友十ナ。実方は山村兵太郎ナ。おやまのゑらいのが三條國右衛門ナ。こいらが指折の役者どもじや　おやき「ヲヤ〲國右衛門といふのが女形かへ。ハ、、、、、／ハ、、、、、　おかしかろうネヱ　与五「ナニおかしいちう事が

(上十三裏)〈図〉

＊図中に「浄瑠璃のほんへじやれつく飼猫は土佐やさつまの」

(上十四表)〈図〉

＊図中に「ふしをたつねん　蓬莱山人」

(上十四裏)

あるもんか。此前ア、何やらの狂言のしおつた時にト　すこし／かんがへて　ヲ、それ〲ひらがな盛衰記をしおつたとき。山村兵太郎が緋原源太で。三條国右衛門が蜑の千鳥で。髪をふり乱して出おつて。友十が梶原平次郎の役で大井川の先陣あらそいをいたした時は。ゑらい盛やうであつた。國右衛門めがかやうなる身ぶりでト　すこしふりを／しながら　しらぬながらも千鳥が推量。敵は川をわたさんと。舟底に穴をくりあけ

（上十五表）

のみをさし。待ぞといざやしら栗毛の駒の足をなやませしに頓智の源太景清さま。太刀をするりと抜たまい。大ぶな小ぶなきり直し〳〵トいふ所を見せたいもんじや。なか〳〵三ゲの津に。まづ仕人はないじやてナ。ハ、、、、、、／ハ、、、、、、、　おやき「ヲヤ〳〵それじやアなんだネ。ひらがなの中へ。矢口の上ろりを入たんだネ　与五「何サそふではないのサ　おやき「それでもソノしらくりげのトいふ文句は。矢口の上ろりだものを　与五「そふかナ　おやき「そふ

（上十五裏）

して榊原源太じやアないヨ。やつぱり梶原だよ　与五「ハアそふかいナ。イヤモ久しい跡の事じやから。失念した事もあるじやテ。ハ、、、、、／ハ、、、、、　おやき「どんなだがそんなのを見てへもんだねへ。おもしろからうネヱ　与五「イヤ面白ひのなんのとはなつたりちうと五日は丈夫にしておるじやて　おやき「ヲヤ〳〵たつた五日かへみぢつけへネヱ。それじやア。きやうげんが出揃うと。直におしまいになるだろうネヱ　与五「何サそれから

（上十六表）

又外の芝居を踊るのじやテ　おやき「へヱそんならなんだネ。五日しちやアとつけへ〳〵するんだネ　与五「もちろん　おやき「コヤとんだもんだネエ　トいひながらてうしを合せ／いろ〳〵ひいて見てサアけいこしよふかネ　与五「やつてくださるかな。ヱヘン〳〵トせきば／らいを　しながらもめんさなだのひものついたこくらのはながみいれより／本をだして三味せん箱のうへにおきおのがでにちやわんへ茶をつぎ　ヱヘン〳〵ト　まじめ

にはり／ひちにてすはり　昨日の所はゑらいむづかしい所で。詞があるゆゑにでけぬくいだてナ。ハ、、、、
、、、　ヱヘン　ヘン　ヘント　むせうにせき／ばらいをして　ウタイ「さるほどに時うつつて天の羽衣うら
風に棚びき

（上十六裏）

たなびく三保の松原うき嶋が雲の足高山や富士の高根ト　羽衣のうたいを大ごゑあけてうたふゆゑおやきはあきれて／三味せんをかゝへたまゝ与五左右衛門が顔を見ている此とき心づき　イヤこれは粗相今日榎山六郎右衛門どのへ謡のけいこに参つて。そのまゝ本を懐中いたいたもんだんで。上るりの本と取違へてまいつた。ハ、、、、、／ハ、、、、、、　おやき「アハ、、、／ハ、、、、、、　おまへもマアそそつかしいネヱ。ハ、、、、、／ハ、、、、。ア、おかしい　与五「しからばその本の拝借いたしたいト　いふゆへおやきは／あつくとぢたよせ　本を／だし　おやき「こんなかア御覧。たしかそんなかに有たつけ

（上十七表）

与五「ネイ〳〵ト　いひながら／さがす　おやき「ナニねへことかあるもんかナト　与五左右衛門いろ〳〵／ひねくりまはし　与五「イヤござつた〳〵爰の所じや〳〵サアヘン〳〵ヱン　上るり歌「この中も仲の町で屁をたのしみト　いふと／おやき　三味せんをそこへほふり／出しむせうにわらう　おやき「アハ、、、、／ハ、、、、、、。ウフ、、、、、、／ヲホ、、、　ハ、、、、、　ヱヘ、、、、／ハ、、、、、、　ホ、、、、、、、、、　与五「コリヤ何じや。ハアわるひかな　おやき「アハ、、、、／ハ、、、、。モウ〳〵おなかゞいたくつて。アハ、、、／ヲホ、、、、　ア、せつねへ。アハ、、、、／ヲホ、、、、、。そふじ

やアないヨ。アハ、、、、、／ハ、、、、、、ト　あんまりわらつたゆゑに火ばちのひき出(だ)しより／しろほのはながみをだしはなをかみ目(め)をふいて　ア、おかしい。そりやアネ

(上十七裏)〈図〉

(上十八表)〈図〉

(上十八裏)

かふいふのだヨ　上るりことば「このぢうも仲(なか)の町(てう)でへ、おたのしみトいふのだヨ。屁(へ)をたのしむんじやアないヨ。へおたのしみをヱ、おたのしみといふやうにいふんだヨ　与五「ハ、アそふかな。わしは又屁(またへ)をたのしむと申から。扨(さて)は吉原(よしはら)なぞではおけんせん(傾城)どもが屁(へ)をひつてたのしみにいたすことでもあるかとぞんじおつた。コリヤおかしいのが御尤(ごもつとも)じや。アハ、、、、、、／ハ、、、、、、ト　ほどすぎて／わらうゆゑ　おやき「ウフ、、、、、、／アハ、、、、、、　へ、、、、、、／ヱへ、、、、、、　アハ、、、、、／ハ、、、、、、、、、、。ア、せつねへト　これよりしば／らくの間(あいた)けいこ

(上十九表)

ありしといへどもこの与五左右衛門うたいとねんぶつとのあいだをゆくこゑにて／いくらやつてもいつかふにできぬゆゑまづよいかげんにしてしまい　おやき「けふはマアここまでにして置(おこ)ふネヱ　与五「ゑらいむづかしい所(ところ)じや。イヤ又明日(またみやうにち)の事(こと)に仕(つかまつ)りませふ。ヤレ〳〵むづかしいものじや　おやき「ナニおまへちつとなんするとじきに出来(でき)まさアな　与五「でけやうかな。イヤさやうなら明日御意得(めうにちぎよゐえ)ませうト　わきざしをさし上り口をおりて／ぞふりをはきながら刀(かたな)をさして　へヱさやうならばト　ていねいにじぎをしておもてへたちいでしが／

こわい目(め)をしてながやぢうをねめまわし　ウタイ「されども此人夜(このひとよる)はくれどもひる見(み)えずある夜(よ)の

（上十九裏）

睦言(むつごと)にト　三輪(みわ)のくせをうたいなから／ちよこ〲ばしりに出て行　おやき はな／うた「花(はな)は桜木人(さくらぎひと)は武士(ぶし)とはみないひながら。なぜに女郎(ぢよふろ)にふられやす。ステレツチヤン〲ト　小(こ)ごへにどゞいつを／うたつているとなりより　おひら「おやきさアん　おやき「大きな／声にて　なんだヱ　おなじく大／きな声にて　おひら「今(いま)なアなんだヱ　おやき「稽古(けいこ)をしたのか　おひら「そふヨ　おやき「りやんサ　おひら「そふか　やけだの　おやき「からつきりサ　おひら「おかげではら(腹)アいたくしたヨ　おやき「気(き)ざだのふ　おひら「アタサ　おやき「あれよりひどいのがあるぜ　おひら「そふかいやだのふ。そりやアいひが

（上廿表）

おめへ湯(ゆ)にいつたかト　なにかわから／ぬゆゑに　おやき「なんだと　おひら「ヱ、つんぼうだノウ。湯(ゆ)いいつたかいふことヨ　おやき「ウン／ニヤ　まだいかねへヨ　おひら「一所(いつしよ)にいかふじやアねへかア　おやき「おいらアしとり(独)だヨウ　おひら「そふかすんなら後(のち)にせうか　おやき「どふでも　おひら「しかし後(のち)にやアいけめへのウ　おやき「あんべへし(塩梅次第)でへでいけるヨ　おひら「すんならまつてゐよふのう　おやき「そふしておくれト　これも／きこへず　おひら「ヱ、　おやき「そふしてくんなよウト　大きな／こへして　おめへこそ。つんぼうだヨ　おひら「のぼ

（上廿裏）

せてゐるからきこへねへヨ　おやき「得手(えで)にのぼせたのか　おひら「そこいらサ　おやき「ヱ、のろけるもんだの

両人「アハ、、、、、／ハ、、、、、、　折節七ツの鐘ボヲン　とうふや「豆腐イ〳〵　おやき「ヲヤとうふやさんが来たヨ。日がみじつけへのう

米屋の鶏 短「トツケケツカウ

風／流　稽古三弦巻之上　終

（中一表）

風／流稽古三弦巻之中

江戸　式亭三馬原稿

第二稽　十露盤の桁にあたつた声殻は／につちもさつちも行ぬ出番のけいこ

無正引の名護屋節は酒屋の御用がシテ妙だ〳〵と大きにお世話にはやし立。カン所へゆけばイヨ立ますと。語らぬさきからこれを誉て。終に調子をくるはせる。東の気性は。諏訪の池を走りくらする

（中一裏）

ごとく上はすべりのした鼻の先の気ぐらい。けいこに上つた日から。段物でもかたるつもりにて。第一に誰のまね。だれの心いきなどいふて。鼻をかみちらかし。首をふり廻しやつて見た所が。箸にも棒にもかゝらず。塞がつた雪隠のやうに。むせうに咳ばらいしても根が出ない声ゆゑ。一向に調子にのらす。長家中ではそりや

始まつたといわれるほどに浮名がたち。路次を通れば。アノ人だよと後ろ

（中二表）

指をさゝれ。恥をはぢとも思わず。そのくせおさらいの時は此人にかぎり。しうぎの老松の連節を。だいなしにしてしまいながら。揃わぬ無拍子な手をうち。高慢の鼻はかうらいやより高く。声のよい弟子に難くせをつけ。日がくれると四つまで毎晩つめきりにするありこれらはいわゆる下手の横ずきなるべし　おやきはひさしくさらわぬゆゑ／夕ぎりの上るりをさらいかける　「冬編笠も赤ばりて。紙子の燧ひざのさらト　かたりかけるこゝへ／来る男はとしの頃

（中二裏）

二十五六。いろ青白くさかやきまつさをにて松坂じまのわたいれ。くろ八丈のはゞ二寸五分ぐらいの帯をしめ。せつたをちやらつかしてきたりしが　此上るり／をきいて　傳四郎「イヤアかたりくさるナ。ヱヘン喜左衛門うちにか。喜左〳〵ト　いひながら／うちへはいり　ハ、、、、、／ハ、、、、、　伊左衛門のおもわくじやが。チトおしがつよいなア　ハ、、、、／ハ、、、、ト　これにておやき／三味せんをやめる　おやき「だれだとおもつたら傳四郎さん気が付かネヱ。伊左衛門の心いきたネ　傳「璃寛でゆくつもりじや　アツハ、、、、／ハ、、、　おやき「なんだヱ蜜柑だヱ。おかしな名だネヱ。だれのこつたヱ　傳「ハ、、、　蜜柑じや

（中三表）

ないわいな。璃寛といふたのじやわいの　おやき「ヲヤ利勘たア勘定だけへ人のこつちやアねへかネ　傳「なにをじやら〳〵と。璃寛とはナ。上方の嵐吉の事いの　おやき「そふかい嵐吉は璃寛といふかネヱヲヤ〳〵はじめ

て聞たヨ。それじやアおふかた嵐吉はたまかだらうネ　伝「なぜナ　おやき「それでも利勘といふからサ　傳「アハ、、、、ゐらい口合ナ。アツハ、、、、、／ハ、、、、、　併璃寛も故人になりおつたさかい。とつとモウ芝翫

(中三裏)

の世の中じや　おやき「ヲヤそんなら嵐吉は故人と名をけへたのかへ。おつな名ばつかり付る人だネヱ　伝「アハ、、、／ハ、、、、　故人といふはナ死だ事じやわいのウ　おやき「ヲヤ〳〵死だのかへ上手だそうだネヱ　伝「イヤ上手じやの名人じやのといふやうなことかいの。きやつが仕おつた事は。直に中芝居やちんこでしおるがナ　おやき「なんたヱちんこだへ。おかしい所があるネヱ　傳「なくてわいのいつたいまた上と違ふて御当地は芝居

(中四表)

のすけない所じやさかい。そないにはやらんわいの。あちではまつ道頓堀が六軒堀江から北へかけては三軒もあり。座摩稲荷。そこへ出ると芝居じやさかい。ゐろうはやつて新町の太夫や島の内の白人。そのほか芸子をつれて。桟敷をどふ引と明させてナ。見るこつちやによつて。そりやモウゐらいナ。イヤ又京の顔見せを見せたいナ。初日はと、モウ芸子おやまばかりじやさかい。目の正

(中四裏)〈図〉

＊図中に「たのしみも／ふかきたひこの／水調子／きれて／うつまく／三味せんのいと／不志園／藤春」

(中五表)〈図〉

＊図中に「さみせんの糸の数さへ三保のうら／唄に羽衣松風もあり　塵外楼清□？」

（中五裏）

月といふものでナ。ゐらい見事なこつちやわいの　おやき「ヲヤそふかねヱ。江戸じやア初日や何かア。女や何かアいきやアしねへネヱ。それじやア何だネ。あつちじやアそんなに初日に女郎たの芸者だのといふのが見にいくかネ。ヲヤ〳〵おつだネヱ　傳「そんだいにはづれる芝居は。跡がとつといけんじやそふじやさかい。銀主なぞは初日二日三日の内にとり上るさかい。跡はまアどふでもよいわいなトいふ理屈サ　おやき「たい

（中六表）

そふにこつちたア違ふもんだネヱ。あつちイいつて見てへもんだネ　傳「ヱ、のサ。近頃はあつちでも常磐津がゐらいはやるナ　おやき「へヱそふかイ　傳「戻駕なぞは宮薗でかたるが。イヤとつとモウほんまの常磐津のやうにはいけん。と、やくたいじや　おやき「それじやア何だろうねヱ。新上るりだの何のといふもなア。ありやアしめへネヱ　傳「イヤない所かいのいつたいあちには豊後の太夫がないさかい。それに又

（中六裏）

きやうげん作りといふものがナ。ゐ、のがすけないさかいで。なか〳〵豊後ぶしの新物はてけないわいの。それには又御当地のこつちや。何じやあろうとかわりめ〳〵に新ものがでけてはやるさかいゐらいてナ。それもその筈かいな。こちは作者がゐらいのがあるさかい。其うちでもマアこちの上るりは。桜田治助がいつちゐ、ナ。ア、源太なぞはうまいもんじやナ　おやき「アノ汐汲もい、ネヱ。わつちア　アノ

（中七表）

かわいがらすのとこがいひネヱ　傳「ゑゝとも〳〵兎角豊後節は桜田左交のこつちや　おやき「しかしアノ汐汲をひいた式佐さんも。杵屋の正次郎さんもなくなつたから。今じやアいけねへネヱ　傳「さればサ。アノ時のふり付藤間勘十郎も故人になりおつた　おやき「ヲヤ〳〵そふかネヱ。とんだものだネ。それじやア踊つた坂三津と桜田ばかりのこつているネヱ。アリヤアどふもいひヨ　傳「わしはアノ役者たちの衣装を拵へるさかいで。

（中七裏）

内へも行楽屋へもおり〳〵行が。坂三津はゑらい名人ナもんぢやナ　おやき「ヲヤ〳〵そふかイ。それじやア方〴〵へお出だらうネ　傳「さよじやト　すこし此人／うぬぼれにて　そふじやさかいなんじやあらうと。役者はみんな心安イのじや　おやき「ヲヤいひネヱ。それじやア梅幸や半四郎の所へもお出かへ　傳「いくのだんかいな。いつも初日まへなぞは誂へものや何やかやでいそがしうてとつとモウあるきづめじや　おやき「いひねヱ。アノ梅幸にはかみさんか

（中八表）

あるかネヱ　傳「なくてわいな　おやき「梅幸のかみさんなんざアよかろうネヱ。あんな男を亭主にもつているから　ヲホ、、、、／ハ、、、、、　傳「ハ、アおまへ梅幸が御ひゐきじやナ　おやき「なアにそふじやアねへけどもネ。そして粂三がいひネヱ。なんだか色気があるよ　傳「当時藝者などの役まはりをさせては大和屋の息子はとつと女子のよふじや　おやき「どふもいひネヱ　傳「おしつけ大立者になりおらうて　おやき「わつちやア女形

（中八裏）

でも少(すこ)しはだゑ、(肌合)のあるのがいひヨ。何(なん)だがぐなら〳〵したなアきれへ(嫌)だヨ　傳「みんなこちの女子衆(おなごしゅ)はそれじや。いつたいにそれがこちの当地風(とちふう)じやじやわいの。ハ、、、、、／ハ、、、、、。イヤ又(また)あちでもゑらいやつは芝翫(しくわん)じや。と、はづす目(め)がないさかい。そこがアノわろのゑらい所(とこ)じや　おやき「またこつちイ来(き)そふなもんだネヱ　傳「めつたにはこまいてナ　おやき「なせネヱ　傳「今あちではたつた一枚(いちまい)じやさかい。あちではなすまいテ

（中九表）

おやき「歌右衛門(うたへむ)は三味(さみ)せんもよくひくネヱ。器用(きよう)だヨ　傳「ア、アノわろは出(で)けないといふ事(こと)はない。何(なん)じや有(あ)らうとやりくさるがナ。イヤこないだ(此間)どこやらじやつた　アノ芝翫(しくわん)がこしらへたといふ。はやりうたじやげな。聞(き、)なはつたか　おやき「イ、ヱ　傳「ア、なんとやらいふうたじやト　すこし／かんがへ　ちよつと三味(さみ)せんかしなされト　つめびきに／てうしを合せ　ヲ、そふじや〳〵かういふのじや　〽小声(こごゑ)にていつこう／てうしにあわす　いろはにほへとといふたなら〽おまへはなんといわしやんす〽盛(さか)りの花(はな)といふわいナ

（中九裏）

そりなぜにはて〽ちりぬるまへじやないかいナア　おやき「ヲヤいひうたゞネヱ　傳「まだかへうたがあつたわいナ　おやき「なんといふんだヱ　傳「ヱ、何(なに)サト　またすこし／かんがへて　ゑひもせず京(きよ)といふたなら〽おまへはなんといわしやんす〽朝寝(あさね)の床(とこ)といふわいナ。そりなぜにはて〽ゆめみしあとじやないかいナアトうたふ

おやき「いひネヱおとなしい唄(うた)だネヱどふでも上(かみ)がただけできれいだヨ。それだが三津五郎(みつごろう)のこしれへ(拵)た唄(うた)もいひネ　傳「ハア何(なに)かへそばやさんなん

＊飛丁「中十」は存在せず

(中十一表)

時といふのかへ　おやき「ナアニかふいふのサト　てうしを／あわせ　〳〵ゆこか戻ろかもどろかゆこか爰からが世にいふなかんづくの虫のせヱ引からかさ灸でもすへさんせ　傳「ア、ゑ、ナ。どふもしうかの唄は当時じやテナ　おやき「どふもいきだネヱ。ほんにこんな事をいつているより。けいこウせうかね　傳「やつてもらいませうわいのト　これにておやきはてうしを／なをしあわせている傳四郎はそこにあるあつくとぢた／ほんをひねくりまわし　きのふの所は。ゑらい術ない所じやナ　おやき「カンの所アちつたアいきにくい許でも。

(中十一裏)

そのかわりふしはむづかしかアねへヨ　傳「イヤ何じやかわしにはじゆつなくつて。しんどい所じや　おやき「それてもおまへはのみこみがいひからよいヨ　傳「どふじやかト　はなをかむ此うち／てうしもあわせて　おやき「何からやろうネ　傳「まづちよつと角力の口をさらへておくれや　おやき「サアト　前びきをひき／いだして　ヨヲイ　傳　義太夫と河東ぶしを／ないまぜにしたこへにて　さるほどに小林は。今様の役かうむりて。ア、いけない。咽がゑらういたいさかい角力は明日の事にせうわいナ　おやき「どふでも　傳「お花

(中十二表)

半七のきのふ出来にくい所を。やつて見ようかいの　おやき「やつてごらん　傳「ケヘン〳〵〳〵半七なみだの顔をあげ。おやき「ヲ、イ　傳「いいいいト　いつまでもでぬゆゑ／両人つれがたり　両人「いましぬる身に何のマア。そんなくりことなアぜいうやアくウしこれがアせけへんウ、にありイふれヱたいろぐわんおんやとりイも

ウちイ、のウぢぞうをのうほもさん〳〵ンンくどに　おやき三味せん　チンツンテンチンはれヱ、てふたアりがア、はつめうと水もウくんだりま丶アたきイ

(中十二裏)

なアらア、いイしごきイほどいてたすウきイにかけヱてゐりのあぶらがしみるなアあらうれしかんざけたまごウざアア、ア、けへヱ、、おさへてさしてさしイぐウしイの　三みせん／カン所　チンツ／チンチチン　あかあかあかト　又出(で)きぬゆへ／つれてかたる　あかアつウきイしらぬウたまアくウらアハア、、ア、いづもでゐヱんのヲ、ヲ、、ヲヲヲ引むすウびイめヱ、、引を引といてねまきもふとこヲろヲではなアれヱまいぞのはだとヲはアだアしめへて

(中十三表)

うれヱしイきなかアなアかアにイこいにははしをわたア引しイ、ぶウねヱ引　おやき「ア、よいヨ　傳「ゐ丶かナ。跡(あと)をやらうかナ　おやき「あとはよかつたつけ　傳「さよなら戻(もど)り駕(がご)やらうかナ　おやき「もどりかごをやろうかといふと。かごかきのやうだネ　傳「嘘(うそ)はない　ハ、、、、、／ハ、、、、、、　おやき「サアすんならヲイ

傳「地廻(ぢまわ)りぶしにイ、、　こへしぼウる　三み／せん　チリ／リン　〳〵ついてぬぐいのウほふウかアむウりイ

おやき「そんなに間(ま)がのびちやア

(中十三裏)

わるいヨ。ほふウかア、むウりイ　傳「月待(つきまち)の所(ところ)をやつておくれや。つきイまアちイひまアちイ、だアいイまアちイやアたまアちイにイござアるウほヲいイ、んさアんのヲおまア、もウりイおふウだアやアうウらアやアさ

アんンよくウあいイせうもヲひせうヲとヲきせうヲすいイつウけヱたばアこウのウひざアらアさアゑヱてつほうみせヱのきさアんムじイはみぢイかアきイよわアもウきりぎイ

（中十四表）

りイすウまくらアもウ床(とこ)のウうウわアぞふりイくぜヱつウせぬウ日(ひ)イはアちやわんム、ざアけヱこウはばからしいじやなアいイかアいイ、、引なア引ゑ丶かナ　おやき「ア、よいヨ。きのふの所(とこ)をけいこせうかネ　傳「どふもむづかしいさかい。でければ(能)ゑ丶が。ヱヘン〱はつウのウざしイきイ、のウたばこウぼウんひくより先(さき)へ気(き)がアせヱかアれヱたしイかアおぼウへヱのウときイさアんムと。ア、けふは

（中十四裏）

マアこれでおきませう。ゑらう咽(のど)がいたふてやくたいじや　おやき「すんならあしたのことにおしナ　傳「そふせうわいなト　こしを／たづねて　ホイこれはしたり喜(き)せるたばこいれを忘(わす)れてのけた　おやき「こりよ(是ヲ)ウお上(あが)りなト　長きせるとたばこ／ばこをつきいだす　傳「ハ、さよなら(左様)おもらいもふそふかいな　おやき「くさいヨ
傳「なんのおまへト　たばこを／ついでのむ　おやき「そりやアそふと。傳(でん)さんおまへは実(じつ)がないヨ　傳「なぜイナ　おやき「マアかんげへてごらん

（中十五表）

傳「はてナ何(なん)じやナ　おやき「それこねへ(此間)だやくそくの　傳「ヱへヱ、なアるほとナ。あたまかけのきれの事(こと)かいな　おやき「ア、いつかつからもつてくるといつて。もつて来(き)ておくれでないの　傳「ナニサもつてこふとおもて。ツイはつたりとわすれてのけたのじや。毎年(まいねん)ゑびす講(こう)すぎには。棚(たな)おろしじやさかい。いくらもでるがナ。そ

の時（とき）になつてつウいわすれてのけるのじや。ハ、、、、、、／ハ、、、、、、　おやき「ほんとうにわれへ（笑）

(中十五裏)

ごつちや（事）アないヨ。もつきておくれのなら早（はや）くもつてきておくれな。買（かを）ふと思（おも）ふけども大（おふ）かた持（もつ）て来（き）ておくれだろうとおもつて。よもやにかゝつてまつているなア。こけ〲しているネヱ　傳「イヤこれサそないにいためなはるな。わすれることもなふてかいなア。そないにいわれると。気術（きじゆつ）のふてならんがナ　おやき「ナアニそふじやアねへけどもネ。あんまりおまいがずらしておくれだから。せへ（催）

(中十六表)

そくウ（促）するんじやアねへが。ほんとうにおくれのならもつてきておくれなネヱ　傳「アイもつてこいでかいナ　おやき「そふいふといつでもそんな事（こと）ばかりいつておいでだヨト　せなかをひつ／しやりくらはす　傳「ヤこれはいたいナ　おやき「嘘（うそ）ばアかり。てへそう（大相）だヨウ　傳「じやといふてたゝかれていたいのを。アゝかゆいといふものもないものじやないかいの　おやき「アハ、、、、、おまへはモウどふいやアかふいふと。ことばじちをとつたりなにかアしてこまるヨウ　傳「これは

(中十六裏)〈図〉

＊図中に「露嬉し扨はと／蝶になる心」の句あり

(中十七表)〈図〉

(中十七裏)

またお詞（ことば）じやナ。わしは呉（ご）ふくやの手代（てだい）こそすれナ。詞（ことば）を質（しち）にとつたことはないわいナ　おやき「なぜへ

傳「それでも詞質(ことばじち)をとるといひじやないか　おやき「アハヽヽヽヽヽヽ／ハヽヽヽヽヽ。おかしいそれお見(み)なやつぱりそれがことばじちをとるんだヨウ。ハヽヽヽヽ／ハヽヽヽヽ　傳「たくさんかすなら。ちつとわしのもことば質(じち)をおきたいものじやなア　おやき「そんなぜうだんをおいひでないヨ。ほんとうにおまいなんざア。女郎買(ぢよふろけへ)なんぞにお出(いで)

（中十八表）

なら。さぞ女郎衆(ぢようろしゆ)のことばじちよふとつたりなにかして女郎衆(ぢようろしゆ)が気(き)をもむだろうネ　傳「ナニそないナことがわしらはあそびにいつてもナ。おとなしうあそんで。いぬる時(とき)なぞは。こそ〳〵といんでしまうさかいで。と、モウひやうばんのおとなしやじや　おやき「よふ嘘(うそ)をおつきだヨ。やかましくつてさわぎちらかして。ふざけるがきいてあきれるヨ　傳「何(なに)サほんまのことじやわいの　おやき「長四郎(ちやうしろう)さんなん

（中十八裏）

ぞもおいでだらうネ　傳「ア、ゆくのなんのとゑらさかりサ　おやき「アノ何(なに)なんざア。おとなしからうねへ　傳「ア、マアよいかげんサ　おやき「おまへほどふざけやアしめへネ　傳「ナニわしがふざけるもんで　おやき「それでもどふか。さわぎそふだヨ　傳「ナニサ大(だい)の気(き)まじでけつからア。ハヽヽヽ／ハヽヽヽヽ。イヤ遊(あそ)びといへばひさしう出(で)かけんが。ゆかすにおると。さのみにもないものじや。アハヽヽヽヽ／ハヽヽヽヽヽ　おやき「ホンニ一所(いつしよ)にいつたら

（中十九表）

おもしろからうネヱ　傳「イヤかふせうかいの翌(あす)の晩(ばん)仮宅(かりたく)としてはどうじやナ　おやき「ほんとうにお出(いで)ならい

かふか　傳「いきイな〳〵　おやき「いつしよにいつてさわがふかネヱ　傳「ヤこれはおもしろからう。ほんまじ
やぞへ　おやき「ア、　傳「そりや長四郎(ちやうしらう)も庄次郎(せうじらう)もつれていんで。さわいでこまそう。ゑ、ナ　おやき「アイヨ
傳「イヤおもしろい〳〵ト　すこしかん／がへていて　カウツとあれをかふやつてと。そこでとかふすればこれ
でよし

(中十九裏)

よしト　ひとりうな／づいている　おやき「傳(でん)さんなにをおいひだヱ　傳「イヤなんでもサ。そんなら翌(あす)はいよ
〳〵　おやき「おまちがいでないヨ　傳「しれし御事(おんこと)サ。ハ、、、、、／ハ、、、、、。さやうなら又明日(またみやうにち)
おやき「ヘヱさやうなら
　　入相のかね「ぼヲン
　　　かな棒の音「チヤラン〳〵〳〵〳〵

風(ふうりう)／流　稽古三弦(けいこさみせん)巻之中　終

(下表紙見返)

＊早稲田大学図書館蔵本のみ
夫高き(それたか)もいやしきも其家業(そのかきやう)にもちゆる品物(ひんぶつ)を貴(たつと)むは世(よ)をいとなむのならはしにて萬(よろづ)の事皆(ことみな)おなし事なりし

かれは巻中白紙に戯画楽書はゆるし給へと　ひたすらに希のみ

貸本所

大野屋亀吉

(下一表)

風／流　稽古三弦巻之下

江戸　式亭三馬原稿

第三会　仕舞湯でうなつた跡は／うるさく来る毎晩のけいこ

僅八銭をついやして半時の永湯に葱売のくどきをうなり。ざくろ口をふさげて頬ツぺたのいたくなるほどこすり。晒布のふんどしは掛竿に干上つたカン所。桶の明をたづねながらおのが

(下一裏)

自由に節をつけた。新上るりの当文句。その功をつんだ所が弟子入となり。やつて見た所がいつかふにテンともツンとものらぬ。半の間のうわごゑに。子供の笑を重ねて。ついにそこを下りしといへども。お浚のときは人並に。出すものは取られる。その時目がさめて商売に身をいれる心おこる。ア、浮世なるかな。爰に来るいさみ肌は　吉五郎としのころ廿五六こんのもゝ引に大じまの／どてら。三尺手ぬぐひの帯たびはしろのはんぐつ

(下二表)

藤くらぞふりをはき。あさぎの手ぬぐひをかたへかけて。ふところからきものゝつまをとり。はなうたをうた

いながらくる。その先へたつて八五郎こんのどてらの下へゆかたをきて。げたをはきゑだるを手にさげ手ぬぐひを丸めてあたまの上へのせ。これもなにかゑしれぬはなうたをうたひながらぶら〳〵あるき　八五郎「吉やイべらぼうにおねりだナア。ちつときり出しやナ　吉五郎「おらア得手がいたくつて。あるかれねへヤイ　八「よこねか。てめつちのやうにでへじにしちやアナふりきる女はねへヤア。おもひきつてあるきやナ。吉「それでもいたくつていけねへものを　八「ヱ、いめへましいしみつたれ

（下二裏）

だナア　吉「そんな事をいふが。てめへなんぞできてみや。それこさア閻魔が隈取りよふしたやうなつらアするだろう。人のこつたとおもつて。べらぼうな事をいふナア　八「ヲイそら犬の糞があるぜ　吉「ヲイ来たト　また／ぐ　八「ヱ、人をべらぼうにした盲アつれてあるくやうだア　吉「おつつけお袋が盲になつたときのけいこだア。しんぼうしやナ　八「ヱ、ゑんぎのわりいばかアいふなイ　吉「ハ、、、、すてきに

（下三表）

かつぐナ。大われへだ　八「チヨツてうちんをもつてくりやアよかつたナア　吉「てめへのあたまでたくさんだア　八「ヘンおかたじけだア。てめへじやアあんめへし　吉『くそヲくらへヱト　八五郎ろじへは入ふとして／どぶのなかへかたあしふんこみ　八「イヱ、おへねへ事をしたア　吉「どうした〳〵イ　八「田町の名物とやらかしたイ　吉「ナニ田町の名物だ　八「ふんごんだイ　吉「ハ、、、、　田町の踏込だか。こいさアいひ（＊「こいさア」は「こいざア」とあるべきか。付記二参照）　八「ヱ、むだ所じやアねへ。チヨツいめへましい
吉「ヲイ〳〵

(下三裏)

爰(こゝ)の井戸(ゐど)で洗(あら)やナ　八「みづ(水)ウかけてくりやナト　かたあしひきずり／〳〵井戸のそはへよる　吉「ざまアねへぜ。ヱ、くせへペツ〳〵　八「ヱ、そんなにきたなかるこたア(事)ねへわイ。高(たか)がどふイふんごんだア　吉「ぐウつと着物(きもの)ウ引(ひ)(臭)ずりあげやナ　八「ヲイ来(き)たナ　吉「もつとあし(足)よヲこつちへ出(だ)しやナ。おれがゆかんをしてやるべヱ　八「ヱ、きざアいふなイ　吉「ハ、、、、／ハ、、、、、。べらぼうにきざがるナア　八「アタヨ

吉「サア〳〵ぶつかけるぜ〳〵　八「よしやつつけや

(下四表)

吉「そウらト　みづを／かける　八「ヱ、ヱ、、つべてへ　吉「水(みづ)たものウことし(今年)やア水(みづ)のつべてへ年(とし)だア

八「気(き)がつかねへ　吉「モウよからう　八「インニヤ／モウ　いつぺへ(一盃)〳〵　吉「いろん(色々)なことをいふぜへ。コウそりやアい、がさけへどうしたイ　八「ヲ、どうしたつけなア　吉「コウおいねへか　八「どふだか　吉「いけねへもんであわアくらつて。わすれつちまつた(忘て仕舞)ア　吉「ひつくりけへ(返)しやアしねへか　八「どふイふんごんだんだぜト　そこらを見まわし／どぶのわきに有(ある)をみて　有(あつ)たい〳〵

(下四裏)〈図〉

(下五表)〈図〉

(下五裏)

八「しれたこつ(事)た。そけへおいたんだア　吉「口(くち)のへらねへべらぼうだア。それだからどぶへおつこちらア

八「ヲイまた手拭(てぬぐひ)がねへヤア　吉「おれがしるもん(知者)かイ　八「そんなことをいわずと見(み)てくれヱ　吉「よくせわ

アやかせやアがるなア　八「これもてめへのおかげだア　吉「なぜイ　八「てめへがつれてつてくれといふから。こんなめに逢たア　吉「ヱ、べらぼうに恩にきせるぜ。サアよかアいこア　八「まちや〳〵

(下六表)

下駄アどうしたつけナア　吉「よくいろんなことをいふぜ。下駄の番はしねへヤア　八「そんなことをいわずと見てくれへ　吉「チヨツまつくらでしれやアしねへト　いひながらあち〳〵こちすかし見て　ヲイ手ぬぐひは爰にあらア　八「ありがてへ〳〵　吉「下駄アねへぜ　八「ナニねへことがあるもんか　吉「それだつてねへもしねへものを無理ナことをいふぜ　八「どぶン中じやアねへか　吉「きたねへ　てめへみやナ　八「後生だア見てくれヱ　吉「あらア〳〵

(下六裏)

エ、ヱきたねへノアト　はなをつまみ井戸〳〵ばたへほうり出し　べらぼうにふけへどぶだなア　八「ふかどぶの八幡さまアどふだ　吉「なんのこつたわからねへ　八「てめへも野暮なもんだぜ。深川の八幡さまといふしやれだア　吉「おきやアがれ。おもしろくもねへト　此うち八五郎下駄へ〳〵水をかけこすりまはし　八「なんだか落ねへやうだ。まつくらでわからねへ　吉「まつくら御免なさいましか　八「うさアねへ　吉「サアいひかげんにしねへか。いつまであらつても新しかア

(下七表)

ならねへヤナ　八「ヱ、よすべヱ〳〵ト　またみづをむ〳〵せうにかけて　コウてめへの手ぬぐひをかさねへか　吉「なんにするんだ　八「下駄アふかア　吉「御深切だ。犬のくそのねへ所へそつくりおいてくんなツサ

八「ハ、、、、、／ハ、、、、、、　サアいかふ　吉「大きにお待遠がきいてあきれらア　八「そんなにいふなイト　いひながら／先へ立て行　吉「モウいつぺんおつこちりやアいひナア　八「ゑんぎよウつけるなイ　吉「ハ、、、、／ハ、、、、、　おかしいなアト　これにてふたりとも師匠の入口へ来て八五郎はずつと／は入りゑだるをよき所へおきそこら見まわして

(下七裏)

八「伯母さん雑巾をかしてくんねへ　おやき「八ざんどうおしだヱ　八「気のきかねへ。どぶンなけへおつこちたやつさ　母親「そりやアあぶねへ。けがでもしやアしなんねへか　八「ナアニ今井戸であらつたから理屈ざアねへト　いひながら雑巾にて／あしをふき上へあがり　ヲイ吉や　へへりやナ　吉「ヲイト　すこしよげて／はいりかねている　おやき「モシどなたかこつちへおはいんなさいましな　吉「アイト　いひながら内へはいり／あしをいぢりまわして　い／る　母親「おまいさんもどふぞしなつたのかへ　吉「ナアニ

(下八表)

おやき「八。さんどなただへ　八「こんぢうおめへにちよつくりはなしておいた吉公を。ちよつぴりお弟子入よ
おやき「おや〳〵そふかイ。サアモシこつちへお上りな　吉「アイ御免な候へト　ぶきやうに／すわり　八ざんがべらぼうにすゝめるから。ちつとばかりやらかして見やうかとおもつて。ヱへヱそこでマアめへりりやしたなんだかわつちらア不器用もんだからできりやアいひがナア八公　八「人間のやらかすこつたア出

(下八裏)

来ねへといふちよぼいちがあるもんかナアそふじやアねへか　おやき「そふサ。ナニぞふさアねへもんサ　すみ

の方で三みせんをぺこ〳〵いわせている廿五六の男／これはひさしくけいこにくるゆゑきいたふうにそこへ出て のん太郎「これはモシおまいさんにやアはじめておめにかゝりました。おつころ安くおたのん申ます 吉「アイ〳〵ト 手ぬぐひ／でまたぐら をおがん／でいる おやき「それでもちつたア何ぞおやりだらうネ 吉「ヱヘンなアに 八「ナニ吉公は何だアナ。やつたこたアねへが。べらぼうに上るりが好ヨ。ぜんてへこいが

(下九表)

いひもんだから。ちつとばかりやらかしたら。じきにうまからうとおもつて。ヱヽ人をつけへナほつけへすゝめるよふに。しきりとすゝめたのおめへんとけへしとりで来イゑねへから。つれてつてくれといふから。こんや連て来たのヨト 此うち母おやゑだるを／見てにこ〳〵しながら 母親「こりやア八さんおめへのかへ 八「吉公が弟子入の印ヨ おやき「ヲヤおよしならいひに。かゝさんそつちイなんしてお置な 母親「こんなことをしなさつちやア

(下九裏)

おきのどくだヨ。ホヽヽヽ／ハヽヽヽヽ 吉「おめへなんざア久しくきなはるかへ のん「イヽヱ／ナニ二年ばかりめへりますが。ねつから出来ません。しかしむかしからいふたとへのとふり。蝉から蝶々にやアなられねへと。ちげへねへ。かふしてくつついてせへいりやア。いつのまにかおぼへるもんサ。おめへさんなんざアそふだネ。出来ねへといつて。急腹アおこしたりなにかアすると。いぜうあがるめがねへネヱ。そこをしんぼうして

＊飛丁 「下十」は存在せず

(下十一表)
やらかしていると。マア茶飯くれへにやアなりやさアな　ハ、、、、、／ハ、、、、、、　おやき「ほんとうに。のん太郎さんのいふ通り。しんぼうがでへじサねへ　八「そのはづサしんぼう小大事といふから　吉「また妄語をいふヨ　みな〳〵「アハ、、、、、／ハ、、、、、、ホ、、、、、、　おやき「おかしいネヱそりやアそうとなんにせうネヱ　八「そふスなんだろうナ。あんまりむづかしいもなアわりいナア吉公　吉「そふス　のん「おやきさんおはんがいびじやアねへか　八「そいざア
(下十一裏)
よかろう。吉はおんぶが好だからナア　吉「ばかアいふなイ　みな〳〵「アハ、、、／ハ、、、、、、　八「吉がすきな葱売がいひやナ　おやき「そふしませうかネ　吉「どふでもよふごぜへス　おやき「すんならおめでたくやりませうネヱ　吉「へ、できりやアいひがト　こゝにて三みせんのてうしをあわせ／ながらそこにあるほんをだして　吉五郎にわたす／さかさにあけるゆゑ　おやき「それじやア逆だヨ。アハ、、、　吉「おきやアがれト　いろ〳〵／ひねくり／まわしてみて　なんだか昼ならつたからよらアさつぱりわからねへ　八もきのどく／がりて　八「ナニちつと
(下十二表)
ばかり本はいらねへはナ　おやき「サアすんなら〳〵名にしおふつきイ、のウむさアしイにイ、かアげヱきイよウきイかすウみイをウなアがア、すウ、、すウ、みイだアがアア、、、、引はア。爰までゞいひじやアねへかネヱ　八「そふヨ弟子入の御しうぎだから。みぢつけへがいひやナ　トこれより二三べんくり／かへしてけいこし

て　おやき「又(また)あしたにしませうネヱ　吉「むづかしいもんだア　おやき「八(はつ)ぱさんけいこウやらうかネヱ　八「そ
ふスやつてもいひけども。かうせう

(下十二裏)

じやアねへか。吉公(きちこう)のもつてきた得手(えて)をおひらき(開)やアどふだろう　おやき「ア丶よいネ　八「か丶さんかふして
くんねへか。何(なん)ぞさかなアはたらいて来(き)てくんねへナ　母親「けふはシケだといつたが。なんぞ有(ある)かしらん
おやき「か丶さん伊勢久(いせきう)(肴)へいつてごらんナ　母親「ヲ丶そふでもして見(み)やう。サアそけへすみ(炭)よゥついでくんなト　す
みとりをいだし／ほぐうちはをそこへだす　のん「わつちがつぎやせう　八「サアか丶さんト　四文銭壱本／ほふ
りだす　母親「ナアニこつちに

(下十三表)

あるヨ　八「何サもつてき(持行)ねへヨ。つまらねへことをいふぜ。なんぞうめ(味)へものがいひぜ　母親「そりアぢよせ(如才)へ
ねへわなア、ツ、、、、、、、　炭(すみ)のはねる／おと「バチイ、、、、、、引　のん「ヲイおいねへ　おやき「のん
太郎(たらう)さんあぶねへヨ　又はねる／おと　バチ〱〱〱〱〱／ハチイ、、、、リ　吉「ヱ丶山(やま)でのこと
をわすれたか。ペツ〱〱〱　八「よくそんなことをしつてる(知居)なア　吉「しらなくつちやアサ。此内(このうち)／母親(ははおや)
は肴(さかな)をかいにゆくおやきはきびせうを出してあらいちよくをす丶ぎなどして／いるうちに火(ひ)はさかんにおこり
吉五郎はまぢ〱していてもつまらぬゆゑ。おやきのたばこをすぱ〱のんでいる／いつでもおさきたばこなり
八「おやきさんかつぶしよウ

(下十三裏)

ちつとかこウじやアねへか　おやき「なんにするんだヱ　八「肴がねへときやア煮奴でもすらアナ　おやき「そふさねへ。すんならそこでかいておくれト　かつぶしばこをだ／すこのうち母おや　かへつて／きたり　母親「なんにもねへから。いろんなものをとりあつめて来たヨト　いふうちさかやの御用さらを岡持へいれ持／てきたりうろ〱とうちをみまわして　酒や「おまいさんかネ　八「ヲ、イこつちだ　酒や「ヘイさやうならト　ふたをとり／皿を出して　そつちイおとんなすつてくださいまし　のん「ヲイ〱がつてんだ〱　母親「こりやアすん

（下十四表）

でるヨ　酒や「ハイ〱ト　出て／行　八「なんだナト　紙のふたを／とつて見て　こいさア素敵だ　母親「八さんかつぶしよウかいてなんにするんだ　八「煮奴をせうと思つて　母親「わるかアねへの。おやきや燗をつけなゝ　おやき「していらアなせわしねへ　吉「なんぞ吸ものがあるといひナア　八「ぜへたくウいふぜ　おやき「サアお燗はいひヨ　母親「そつちイだしなゝト　のん太郎がぼんを出すやらはしを出すやらきれいに／ならべたてるは文なしにのまんといふ下心なるべし　八「時にとうふウかつてこざアなるめへ　のん「わつちがいつてきやせう

（下十四裏）

母親「ナニいひヨ　のん「何サ出しなせへといふにト　みそこしを／もつて欠出す　吉「かゝさんもこけへお出なせへナ　母親「アイ〱　おやき「一寸おかんを見ようかネヱト　つがふとするを吉五郎／きびせうをとつてしやくをする　おやき「こりやア憚りだネヱト　此うちのん太郎／とうふをかつてきて　のん「ヲイ来たそら豆腐ヨ

吉「モシおめへ(前)さんこつちイ来(き)なせへな　のん「ハイ〳〵おかまいナさいますナト　これよりだん〳〵さかもりとなり。大きにみな／みな酔がまわつてくると母親もしだらなく　母親「ホンニおめへ(前)さんきいておくんなさいまし。こんな(此様)事をいふとおかしいがネこのおやき(や記)よウこんねへ(此様)に

(下十五表)

するなアほんに〳〵てへ〳〵(大体)ナこつ(事)ちやアねへわな。そり(夫)よア今(いま)じやアしとり(独)で育(そだ)つたやうにおもつてる(思居)から。つらア(類)にくつゝてなりやアしねへ。一(ひとつ)ツいふと〔＊「にくつゝて」は原文のまま。「にくゝつて」か?「一(ひとつ)ツ」はツの仮名重複か〕二言(ふたこと)めにやアつウん〳〵しやアがつて。ホンニサいけるもんじやアねへよ。人(しと)にやア乗(の)ツて見(み)ろ。馬(むま)にやア添(そう)て見(み)ろといつて。ホンニサ人中(ひとなか)ア見(み)ねへもの(者)ア。ほんとうにいけねへヨ。そんなことをいふとおかしいが。おらつち(若イ)がわけへじぶんにやア。袖褄(そでつま)も曳(ひか)れたもんだけれど。

(下十五裏)〈図〉

(下十六表)〈図〉

＊図中に「松魚節を／すはつて／かいて／買ものに／とうふん／人を／出しに／つかはむ　岡山鳥」

(下十六裏)

今時(いまどき)のわけへもんたア。ホンニサてへそふ(大相)に違(ちが)つたもんだ(者)ヨ　八「コウおばさんおめへごうてき(強敵)に受(うけ)させるの　母親「イヤサほんの事(こと)ヨ　おやき「またかゝさんが酔(よう)とぐちをいふヨ。ほんとうにこまりもんだヨ　母親「ナニなんだと　のん「イヽやアなかゝさん。なんだナつまらネヱ。そんなことをいひつこなし。ネヱ八さん　八「ちげへ(違イ)ねへ〳〵　それよりやアなんぞいきなはなし(断)よウおつぱじめるがいひ　のん「ホンニいきといやアかりたか(仮宅)アど

ふで

（下十七表）

ございますネ　吉「素敵（すてき）とはやるネ　のん「へヱ、わつちらア流行（りうこう）におくれてるネ。まだいきやせんぜ　八「おめへ強気（ごうぎ）にぶせへだノウ　のん「大（おふ）きにサ　吉「かりたくよりやアいつかのナア八（はつ）ぴざん　八「附馬（つきむま）か　吉「そふス　八「そんなこた（事）アいふなイ　吉「ハ、、、、、やみと気ざがらア。おかしいぜ「よせへ〳〵　おやき「どふしたんだへ　はなしておきかせナ　吉「ナニサ此八公（このはちこう）がネ焼（やけ）ねへめへ（前）に。去（さ）る内（うち）へ押上（おしあが）つたのサ　のん「さだめて色体（いろてへ）で

（下十七裏）

ありませうね　吉「そふス色（いろ）は色（いろ）だがネ。そつちよウむいていろサ　みな〳〵「ハ、、、、、／ハ、、、、、、吉「おき、なせへかふいふ理屈（りくつ）サ　八「コウよせへ。そんなはなし（咄）よウするなへ　吉「いひじやアねへかナ　おやき「どうおしのだヱ　八「おめへもそんなにき、たがらねへでもい、じやアねへか　おやき「そんなにおいひなほどなを聞（き、）てへ。ネヱ吉（きつ）さんおはなしナ　吉「かふス　アンべらぼうがネ。やたらに女（あま）がどふしたのかふしたのとさんせにあげす受（うけ）させ

（下十八表）

やす。こつちもごふはらだネ。そこでわつちが思（おも）ふにやアス。こいざアいちざアし（一坐）て。おもふさままぜつけへ（交返）してやるべいとおもつてネ。一所（いつしよ）にいきやしたネ。ぶだんからなアんのかんのと。ごたくウぬかすからね。どんなおたふくだと思つたら聞（き、）なへへし。頬（つら）アネなんのこた（事）アねへ。獅子（し、）の香炉（かうろ）ヨ　おやき「ヲヤ〳〵耳（み、）がいて（痛）

へネヱ　吉「ナニサ〳〵マア　聞ねんし。そこでわつちがいふナアネ。勤(つとめ)が貳朱(にしゆ)で頬(つら)が獅子(しし)べちやアねへ。貳朱(にし)の

(下十八裏)

女郎(じようろ)じやアなくつてネ。獅子(しゝ)の香炉(かうろ)ヨ。まがきから壁(かべ)の方(ほう)へ。ツン並(なら)んでいやアがつたからネ。あんまりいめへましいから。わつちが一番(ばん)くらアしつけたネ。まかきに三人壁八人(さんにんかべはち)。いつも工面(くめん)は出来(でき)かねると。やらかしたネ　のん「ウヽ〳〵ウヽ　いひ〳〵　おやき「なんのこつたねへ　のん「桃栗三年柿八年(もゝくりさんねんかきはちねん)といふこつたアナ　おやき「ム、そふだネ　ヲホ、、、、、、〳〵ハ、、、、、　のん「そいから(夫)どうしたネ　吉「聞(きゝ)ねんし。わつちにあがれといひやす　のん「へ、おもし(面白)

(下十九表)

れへネ　吉「所(ところ)をわつちが上(あが)らねへス　のん「ナ、、なぜネ　吉「そこがおめへ山(やま)だアナ　のん「フムウ〳〵ハテネ　吉「そこでわつちがいふなア種(たね)なしだツサ。ネヱ夫(それ)でもよかア上(あが)るべヱ(云)てつたらネ。あまがぬかすのウ聞(きゝ)ねへ。おめへこけへ(前爰)あがらねへで団子屋(だんごや)へ上(あが)ればいゝとぬかしやアがつたから。ぐウうツとしやくに障(さわつ)たネ　のん「こいざアそふだろうス　吉「そいから(夫)いめへましいから。二人(ふたあ)りで押上(おしあが)つたネ。人(しと)をつけへにした。お袋(ふくろ)が死(し)にやアしめへし茶食(ちやめ)しよウとつて

(下十九裏)

くれのなんのと。むやみと一斤(いつきん)〳〵と極(きめ)たもん(物)だから。べらほうに白鳥(はくてう)のとつくり(徳利)よウ。並(なら)べやアがつたネ。そいから(夫)聞(きゝ)ねんし。ふたありながらからつけつだアス。おさまらねへネ。附馬(つきむま)よありがて(有難)へじやアねへか。そけへいつちやア又八公(またはちこう)なんざア人(しと)がわりいネ。しめへ(仕舞)にやアけんかじかけ(喧嘩仕懸)へして。附(つき)むまアふみたをしたネ。

その上よいひぐさがいひじやアねへか。ア、ゆふあんべへにしてス。よし原がおてちん〳〵となつたら。小塚原から大千住の

(下廿表)

方をくらアしつけよふといつたが。ふてつこい男ヨノウ　八「ヱ、いひよふなことをいふなイ。そんときやアナ。てめへが先イふみたをそふといつたア　吉「ヱ、嘘をつくなイ。きいたふうな　母親「ときにお盃アどけへいつたノ　吉「ヲ、わつちだ〳〵　八「ぼうふらが涌きやアしねへか　吉「モウ蚊になつちまつたア　八「くちのへらねへ事をいふナア　のん「そりやアそふとか、さんまだ有かネ　母親「インニヤ　のん「それじやア一寸ト　たち／あがる　吉「コウおめへどけへいくんだナ　のん「何サちよつと

(下廿裏)

手水にサ　八「にげちやアおいねへゼ　のん「ナアニサ　ナニ逃るもんかト　おもていでしがまた／壱升さげて来り　サアおつかアや　爰へ置ヨ　母親「アイ〳〵ホンニ男といふもなア気さんじだねへ。わつちらん所のが　男で見なせへ。てへ〳〵世話アやかせるだろうス。女でせへなアんのかのとうるせへものウト　そろ〳〵また／ぐちをいふゆへ　おやき「そウりやはじまつたト　いひながら三味せんをきせるでおよびごしに／とつてうしを合せどゞいつをひき出す　〽さけヱは米のみイづウやめろじやないイがア。茶わんウ、ざけをはアやめさアんムせヱ引　のん「シテ妙だ〳〵

(下廿一表)

三味／せん　ステレツテン〳〵　八「いきイで小いさみイでヱものかずいわずにめかさずすまさずウ人もほめる

ウしそウしてまたほどがよウい引　吉「サアきなやれ〳〵あのや黄石公が土橋のうへから履物おとしてヱ。これヱさア張良さんはゞかりながらおたのんもうしますウ引　のん「アどゞいつどん〳〵ツ　おやき「むりにイとつつかめへてヱぐつとおいれなさるとウすぐにイなアきイだアすウきり〳〵すウ引　吉八のん「サツサイ。ヱ、妙だ〳〵イト　此うち母親はそばを／あつらへにゆくこれは

(下廿一裏)

こんやのうちの／おごりと見たり　母親「サアあついうち。どなたもお上りな。のびるといけねへヨ　おやき「か、さんこつちイ一ツおくれナ　母親「サアヨ。トそばのもりを／とつてやる　三人「こいさ゚アありがてへト　しばらくくちへごやうの／いるゆへにだんまりにて「そばを／くふおと　スツ／スツ　舌打　チヤツ〳〵　のん「ム、うめへ〳〵おばさんどこんだヱ　母親「大村サ　三人「道理だア　四ツの／拍子木　カチカチカチ　ろじを／しめる　錠の／音　チヤラ〳〵〳〵〳〵〳〵　おやき「モウろじよウしめるかのふ　母親「モシかしておくんなせへましヨウ　八「イヤ四ツだアけへろう　おやき「マアよいはネヱ　吉「又翌ア仕事だアナ　のん「イヤ御一所

(下廿二表)

にめへりませう　三人「こりやアか、さん大きに　母親「ハイ〳〵　おやき「どなたもさやうなら　三人「アイお休みト　あとははなうたをうたい／ながらろしを出ると　犬「ワン〳〵　ワン〳〵〳〵　吉「ヱ、こんちくせうめヱぶち殺すぜ　八「ナニぶち殺す。下馬じやアあるめへし　三人「ハ、、、、、、／ハ、、、、、、　かな棒「チヤラン〳〵　火の用心さつしやい升ふ

風／流　稽古三弦巻之下　終

（下廿二裏）

後／編　其継棹（そのつぎざほ）　式亭三馬原稿

楚満人　校正

三／編　心太棹（こゝろのふとざほ）　歌川國直画

文政九丙戌春発行

馬喰町二丁目

江戸　西村　與八

日本橋南詰

大阪屋茂吉

研究編

資料解説

◆解題

本書は文政五年（一八二二）没した式亭三馬の遺稿として同九年（一八二六）刊行された「稽古三弦」を翻刻、紹介するものである。

架蔵四冊本は不揃いで、元々は上中下巻の三冊本だったものを上巻二冊、中巻一冊、下巻二冊に分けた五冊本のうち、第四冊、下巻の前半が欠落したものである。欠けた部分は、早稲田大学図書館蔵本（3133—3）から補った。早大図書館蔵本は三冊本で初刊時の姿を保っているが、本文部分の版木に異同は見られないので、架蔵本を中心にして作業を進めることとする。なお、本稿は平成二十一（二〇〇九）年十二月の近代語学会研究発表会で「式亭三馬遺稿「稽古三弦」について」と題して発表したものに手を加えたものである。当日諸氏より様々のご教示を受けたことに記して謝意を表する。当日は上巻の一部と下巻全体の翻刻試案を配布した。

◆書誌

(一) 書名

題簽　風流／稽古三弦　一～五　＊「風流」は頭書

序　稽古三味線（けいこさみせん）　＊序は古今亭三鳥の筆

内題　風流（ふうりう）／稽古三弦（けいこさみせん）　巻之上、巻之中、巻之下

尾題　風流（ふうりう）／稽古三弦（けいこさみせん）　巻之上
風流（ふうりう）／稽古三弦（けいこさみせん）　巻之中
風流／稽古三弦　巻之下
柱題　三弦　上、中、下

書名は『国書総目録』（一九六五）と同じく、「稽古三弦」が適切かと思う。ただし、その読みは「けいこしゃみせん」ではなく、振り仮名通りに「けいこさみせん」とするのが適切だろう。『日本古典文学大辞典』（一九八四）は「けいこさみせん」を採っている。「けいこしゃみせん」と読む根拠は見当たらない。『日本国語大辞典』第二版（二〇〇二）は見出し語として「けいこじゃみせん」の語形を設け、近代の用例であるが森鷗外『雁』の振り仮名付き用例を掲げているので、「けいこじゃみせん」という語形の存在したことは明らかであるが、「けいこしゃみせん」という語形の存在は確かめられていない。
書名の由来は、『日本国語大辞典』第二版「けいこじゃみせん」の項に「稽古用の三味線。また、稽古のために三味線を弾くこと」とあるように、舞台用ではない練習用の楽器そのものを指すが、稽古の三味線の音、あるいは稽古風景を暗示したものであろう。

（二）　著者　式亭三馬

内題に続いて「江戸　式亭三馬原稿」とあることによる。
作者について、神保五彌氏は『日本古典文学大辞典』（一九八四）の「稽古三弦」の項で次のように述べる。

古今亭三鳥の序文には、式亭三馬が病気になったので、この作品の草稿をそのままにしておいたところ、楚満人（為永春水）がしきりに求めたので、口授して完成させたものとあるが、内容から信じてよいと思われる。奥付には「式亭三馬原稿、楚満人校正」とあるが、楚満人の手はほとんど加わっていないと推定される。（略）病中のせいか、新味はまったくない。

没後四年の出版ではあるが、三馬の遺作として扱うことに、異論は出ていないようである。ただ、『国書総目録』には、「*日本小説年表によれば古今亭三鳥作、歌川国直画とあり」との注記がある。

㈢ 刊行 文政九年（一八二六）

巻末に「文政九丙戌春発行」とあることによる。

また、他の刊記のある版本を見ない。活字翻刻された形跡もない。

なお、管見の範囲内*では、匡郭の傷の状態から見て、諸本はみな同一の版木で刷られていると思われる。さらに言えば、刷りの状態はいずれも良好なので、多数刷られて世に受け入れられたとは言い難い。

＊早稲田大学図書館蔵本、長野県短期大学図書館蔵本（国文学研究資料館蔵マイクロフィルムによる）、架蔵零本

㈣ 刊行者

巻末に次のようにある。

江戸　馬喰町二丁目　西村與八

日本橋南詰　大阪屋茂吉

（五）　諸本の所在

『国書総目録』（一九六五）「けいこしゃみせん」の項には次の版本の所在が示されている。

・京大（京都大学）・早大（早稲田大学）・岩瀬（西尾市立図書館岩瀬文庫）

また、『古典籍総合目録』（一九〇〇）には、玉川大学の名がある。国文学研究資料館には長野県短期大学図書館蔵五冊本のマイクロフィルムがある。

（六）　体裁・構成

半紙本

匡郭の大きさから見て、本来は中本仕立てだったと思われる。早大図書館本の姿が原形であろう。構成は、上・中・下の三巻。架蔵本は上下を各二冊に分け、一から五までの新しい題簽を貼ったもので、そのうちの四が散逸してしまったものであろう。

（七）　匡郭・丁付

・匡郭　（縦×横）

序　十四・八×十・一

本文　十四・六×十・〇

挿絵　十四・八×十・一

・丁付け　位置は柱下部

一

序　（三弦上）　ロノ一～ロノ五　　計五丁　内三丁裏～五丁裏は挿絵

本文　（三弦上）　一～七　　計七丁　内三丁裏～四丁表は挿絵

二

本文　（三弦上）　八、九ノ十、十一～廿　　計十二丁　内十三丁裏～十四丁表は挿絵

＊十丁は存在せず、「九ノ十」と丁付けしている。

三

本文　（三弦中）　一～九、十一～十九　　計十八丁　内四丁裏～五丁表・十六丁裏～十七丁表は挿絵

＊十丁は存在しない。文脈は続いているので落丁ではない。

四【早大蔵本にて補う】

本文　（三弦下）　一～九、十一　　計十丁　内四丁裏～五丁表は挿絵

＊十丁は存在しない。文脈は続いているので落丁ではない。

五

本文　（三弦下）　十二～廿二　　計十一丁　内十五丁裏～十六丁表は挿絵・廿二裏は奥付

丁付けの乱れについて述べる。上中下三冊共に、第十丁が存在しないが、これは第十一丁以下の版を第一丁と同時に番号を振って整版作業を始めたためと思われる。上巻は九丁で終わってしまったため「九ノ十」を設けて辻褄を合

わせたが、中巻と下巻はそのままにしたため、一見落丁かの印象を与える。中・下巻の前半にもう一丁挿絵を入れるつもりだったものか。

◆翻刻に当たっての諸問題

(一) 翻刻することの意義

本書はこれまでに翻刻された形跡がない。式亭三馬の没後に刊行されたものであるが、上巻冒頭と下巻末に「式亭三馬原稿」とあり、下巻末には「楚満人校正」とあるものの、三馬の原稿が残っていて、それによったものと見ることに、現在のところ異論は出ていない。それにもかかわらず翻刻されてこなかったのは、ひとえに凡作だからであろう。しかし戯作としては失敗作であっても、十分に当時の江戸語の資料にはなり得るものなので、ここに影印と共に翻刻を掲げる。[注1]

江戸期の戯作文学は、これまで軽んじられてきた。近年草双紙や読本類に関心が寄せられ、僅かずつではあるがしっかりした翻刻が出版され始めた。それでもなお滑稽本には関心は薄く、影印本の刊行は僅かであり、確かな翻刻は少ない。[注2]

研究を困難にしているのは、残存しているものがまちまちで、全体像が把握しにくいためである。全滑稽本の書目すら出来ていない。また、揃えて保管している文庫もなさそうである。滑稽本は知識人の教養書ではない。揃えておくことも、それを子孫に残すことも、疎まれたと想像される。『浮世風呂』前編の初版本(現天理図書館蔵)が平戸藩蔵書として残っていたことなどは、極めて希有な例である。[注3]

滑稽本は主として貸本屋によって担がれて庶民の利用に供したものである。そのため残存する多くは、冊数を増やすために綴じ直され、人気作は覆刻され、甚だしくは大幅に改作されている。また損傷も著しい。古書市場に出た場合でも、全巻揃っているのは後刷りあるいは後の版である。出版時に初版を揃えて所蔵している人は、恐らくいないだろう。従って各編ごとに初版初刷りを探し、磨り減った端本を読み比べて翻刻を進めるしか方法はない。そして最良の版本の影印を添えて提示して、多くの人の目に触れるようにするのが最善だと考える。

資料が共有されて初めて研究の開始となる。誰もが同じに読め、そこに共通の研究基盤が得られて、議論がかみ合い深まり、研究が前進する。

(二) 何を活字に移すか

版本を活字に正確に翻刻することは、それほど容易なことではない。字の判読が困難だというのではない。何を移すのかがいまだに十分に議論されず、現状はばらばらなままなのである。一例を挙げれば片仮名「ハ」に似た仮名がある。これはしばしば係助詞「は」の部分に登場する。現在の翻刻本では、「は」とするものと「ハ」とするものとに分かれる。これは平仮名「は」の一字体である。片仮名「ハ」にしてしまってはいけない。同時に片仮名の「ハ」も存在し、片仮名「ハ」としての機能を有しているためである。この場当たり的な対応は、当時の仮名の用法が明らかにされていないためである。

当時の戯作の表記は、漢字・平仮名・片仮名を併用した方式で、書き手は三者を使い分けていた。前代までも、またその後も通常、漢字に仮名を交える方式は、漢字と平仮名または、漢字と片仮名であり、現在も「漢字仮名交じり文」が標準的な表記方式だと言われる場合は、漢字と平仮名が中心で、そこに外来語や物音・声が片仮名で添えられる程度である。しかし、三馬・一九の頃から滑稽本は片仮名を盛んに用い始めた。三馬の『戯場訓蒙図彙』などから推測すると、この表記法は当時の芝居台本から得たものであろう。それが近代文学・戯曲等に受け継がれさらに普及して、現在の日常的な表記方式では漢字・平仮名・片仮名三者を併用している。公的な文体では認められていない方式のため、いまだに使い分けの規則は明確でなく、研究も少ないが、今日的な研究課題である。樺島忠夫『日本語はどう変わるか—語彙と文字—』Ⅵ章「日本語の将来」（一九八一）にもあるように、極めて重要な課題である。そのためにも、正確に活字に移すことと、念のために影印も添えることが求められる。[注4]

一方、活字に移すことが困難な表記も存在する。

（a）文字の大小

版本では文字の大小は書き手の任意である。様々の大きさが使われる。これを完璧に活字に置き換えることは、不可能であろう。しかし意味あると思われる大小については極力拾い上げて、注意を喚起し、あとは影印を見て検討するという姿勢が必要だと思う。明治期の活字印刷は活字に置き換えることに急で、様々の表記要素を見捨ててしまったのではないかと、私は危惧している。

（b）振り仮名の位置

読み手を意識して振り仮名を振ることが盛んになるのは、江戸の戯作本以降であろう。振り仮名は「漢字」に振るのか、「語」に振るのか、実はあいまいである。例えば「春雨」に「はるさめ」と振る場合、「春」にハル、「雨」にサメを振るのにはそれほどためらわないが、「時雨」に「しぐれ」と振る場合はグの位置に戸惑う。「五月雨」も同様である。これも（a）と同じく注意を喚起して影印に任せるしかないと考える。

（c）個人的な筆跡

個人的な筆跡は活字には置き換えられない。筆跡が問題になるのは作者自筆の個所が含まれる場合や、筆耕者を問題にする場合であろう。これは問題にするならば影印で取り上げるしかない。

以上のように、活字に置き換え難い表記や、置き換えられない表記が存在するが、これらは活字翻刻と影印とを併用していくことが望ましいと考える。

最後に活字化の問題からははずれるが、挿絵と広告も全て掲げて、そこにある文字も全て翻刻することの必要性を指摘する。近年、ビジュアル文化の関心が高まり、挿絵も注目されるようになってはきたものの、挿絵と本文との関係や、挿絵中の言語表現についての関心はまだまだである。これも極力文字化して、影印と併用し理解を深めることが必要である。

(三) 文字・表記上の問題

以下は、翻刻に当たって問題となる文字・表記上の事柄を列挙する。

(a) 片仮名と平仮名

片仮名と平仮名は並立していて、それぞれの体系の中で使い分けられていると考える。現行の仮名の字体に似ているからと、安易に体系を越えて置き換えない。ただ、片仮名の使い方が正確には掌握できていないので、暫定的な活字化である。

(b) 仮名の字体

平仮名・片仮名の字体は限られた字母のものに収斂する傾向はあるものの、まだまだ多様な様相を呈していた。[注5] 現行の字体に近づいたのは一九〇〇年の小学校令施行規則以降であり、その後も一部の字母の仮名が所謂変体仮名として人名・屋号に、書状等に用いられた。この資料の翻刻に当たっては現行の仮名の字体に統一して示す。字体の使い分けについて調査・研究する場合は影印によってもらいたい。

（c）漢字の字種・字体

（b）と同様に、漢字の字種・字体も現在の標準的な字体として用意されている範囲内で、極力翻刻することにした。当然、漢字表記を補ったり、現行の漢字表記に代えたりしない。当該資料がどのような漢字で表されているか、作者は読者にどのような漢字能力を期待して漢字を用いているかは、言語資料として重要である。

（d）補助符号

濁点・半濁点・句読点・かっこ・踊り字・繰り返し記号等の補助符号は、（c）と同様に、極力そのままの形を示すように努める。文学の翻刻の場合、しばしば清濁点・句読点を補い、踊り字は本来の文字に置き換えて示されるが、補助符号の研究資料とならないばかりか、記号の置き換えを誤ることもあり得るので、原形のまま示すことに努める。ただし、「稽古三弦」巻之中九～十一には二種の庵点「〽」「〽」が使われており、区別があったかと思われる。

（e）その他の符号・不思議な「ア」について

翻刻の過程で、不思議な「ア」字に出会った。古今亭三鳥による序の中である。口上裏二行目「夕に岡崎女郎衆」とある部分で、「夕（ゆふべ）」と「に」の間に、振り仮名でない「ア」字に類する文字が入っている。これは研究発表時に坂詰力治氏からこざと偏「阝」で前の字をべ音に読むのを示す記号で、中世の文献に見られるとのご教示を得た。記して謝意を表す。[注6]

（四）文字表記上の諸問題まとめ

以上見てきたように、当代の戯作の表記は、変化に富んでいる。これらが工夫を重ねて、明治期にいたり、文学・

新聞・雑誌等の表記法に連なっていったと考えられる。あるものは一層重用され、あるものは消え去り、またあるものは変化し続けていると言える。資料を十分に収集し、正確に記録し、研究する必要を感じる。

注1　滑稽本が江戸語研究の資料として重要であることについては、拙稿「江戸語資料としての式亭三馬滑稽本—助動詞「べい」の使用を中心に—」（『江戸・東京語研究—共通語への道』二〇〇九所収）参照。

注2　滑稽本の代表作「浮世床」すら、確かな版本による翻刻は行われていない。拙稿「版本の探索とことば—「浮世床」の場合—」（『武蔵野文学』36、一九八九・一）（『江戸・東京語研究—共通語への道』二〇〇九所収）を参照されたい。なお、画像の多い三馬滑稽本の影印刊行は、『戯場訓蒙図彙』が国立劇場芸能調査室から「歌舞伎の文献3」として一九六九年に出ており、『小野𥶡謔字尽』が「太平文庫23」として一九九三年に太平書屋から出ている。

注3　この「浮世風呂」前編は、『初版本　諢話浮世風呂』として一九七八年新典社から複製刊行され、さらに新日本古典文学大系86『浮世風呂・戯場粋言幕の外・大千世界楽屋探』（一九八九）の底本として使われている。惜しむらくは新典社複製は解説の書誌的記述が不正確である。即ち複製本の上巻は三十五丁、下巻は三十四丁あるのに、丁付けはノド部で、上巻は「上の三十一止」まで、下巻は本文「下の卅」に丁付けのない跋文二丁が続き、「上・下とも飛び丁はない。」としているが、数が合わない。そのため、正確な丁付けができない。原本の再調査が期待される。架蔵再刻本（端本、不完全）の綴じ糸を切った調査では、上巻に一個所、下巻に二個所の丁付けの重複を見出した。初版本も丁付けに問題がある可能性がある。

注4　拙稿「現代新聞の片仮名表記」（国立国語研究所報告59『電子計算機による国語研究Ⅷ』一九七七）・「「浮世風呂」の片仮名表記語」（『近代語研究』6、一九八〇）参照。なお、漢字・平仮名・片仮名の併用については、樺島忠夫『日本語はどう変わるか—語彙と文字—』（岩波新書、一九八一）170ページ「三種の文字」以下に述べられている。

注5　浜田啓介「板行の仮名字体—その収斂的傾向について—」（『国語学』118集、一九七九）参照。

注6　二〇〇九年十二月五日 近代語学会研究発表会「式亭三馬遺稿「風流稽古三弦」について」の席上。なお、その後、帝国文庫『三馬傑作集』（明治二十六）の洒落本「辰巳婦言」発語中に同じく「夕ァ（ゆふべ）」（501ページ）のあることを見出した。この個所は日本名著全集『洒落本集』（昭和四）ではこざと偏で「夕阝（ゆふべ）」（579ページ）となっており、『洒落本大成』17（昭和五十七）では、「夕部（ゆふべ）」（131ページ）となっている。版本による確認はまだ行っていないが、恐らくは同一の版であろうが、読み手は混乱させられる。翻刻がまちまちになるのは、漢字の読みを示す、付け仮名とも言うべき表記手段が既に忘れられているためである。正確に記述しておく必要がある。なお、棚橋正博『式亭三馬』（一九九四）290ページには『稽古三弦』の序文のみが翻刻されているが、ここでは「夕ァ（ゆふべ）」となっている。

小考「稽古三弦」の登場人物のことば—特に武士の言葉・母と娘の会話について—

「稽古三弦」は登場人物の会話の連続で話が進んでいくという会話体中心の文学である。[注1] 登場する人物の言葉をしっかり描かなければ作品にならない。三馬はそこに腕を振るった。『日本古典文学大辞典』の「稽古三絃」の項（神保五彌執筆）は「「浮世風呂」「浮世床」とおなじスタイルであるが、病中の作品のせいか、新味はまったくない」とする。確かに「浮世風呂」「浮世床」の蒸し返しで面白味には欠けるが、十分に江戸語の資料となり得ると思う。

三巻に分かれ、巻之上は「弓矢(ゆみや)にあらぬねらいの的(まと)はそれてきた引番(ひきばん)のけいこ」と題し、常磐津の女師匠と稽古に来た田舎侍との会話。巻之中は「十露盤(そろばん)の桁(けた)にあたつた声殻(こへがら)はにつちもさつちも行(ゆか)ぬ出番(でばん)のけいこ」と題して、上方者の手代とのおしゃべり。上方の芝居の話が一くさり。巻之下は「仕舞湯(しまいゆ)でうなつた跡(あと)はうるさく来(く)る毎晩(まいばん)のけいこ」と題していさみ肌の男二人と師匠との会話であるが、そこに脇役の会話を配しながら、ストーリーは展開する。

登場人物は次の通りである。

中心は浄瑠璃の女師匠「常磐津文字家喜」（通称「おやき」、二十二、三歳）と、その母親「おひょこ」（六十一、二歳）の二人。これに巻之上では、裏長屋のかん太郎（吃音者、「浮世風呂」の「よいよいのぶた七」に相当）、田舎武士の与五左衛門（「浮世風呂」の「生酔い」「西国者」に相当）、巻之中では上方者伝五郎（「浮世風呂」の上方商人・上方女等が相当）などが登場して、会話が続く。

この中で「浮世風呂」と大きく異なる点は、武士が登場することである。武士は笑いの対象にはできない。わずかに田舎武士が登場するのみである。もちろんどの地方の藩士かは示されない。ただ「浮世風呂」には「生酔い」という泥酔者が登場する。小島俊夫は、この男が武士であることを、接する人々の言葉使いから考証した。[注2] 武士の会話が記されているというのは極めて重要である。これは明治期の士族の言葉に連なり、東京語の歴史を考える上で貴重だからである。

『古典文学大辞典』はこの武士を「西国侍」としているが、「浮世風呂」の「西国者」とは違って、言葉になまりはない。もし九州方言を交えて地域を示したら、幕府に咎められたことであろう。興味深いのは上十三裏・十四表の挿絵である。武士と女師匠の稽古風景で、猫が浄瑠璃本に前脚をかけ、上部に「浄瑠璃の本へじゃれつく飼い猫は土佐や薩摩の節をたづねん」という蓬莱山人の戯れ歌を載せる。三馬の稿本の段階からこの絵と歌が入っていたかどうかは定かではないが、かつお節と土佐武士・薩摩武士とを掛けているとも読めよう。

三馬は『狂言田舎操』下で登場人物に「三馬において旅大きらひさ」と語らせているように、旅行が嫌いで、西国には行っていないらしい。上方者の言葉がかなり確かな上方方言なのは、当時江戸市中に多くの上方者がいたからである。[注3] なお、三馬は上方言葉の知識も低いとする意見もある。[注4]

もう一点、女師匠とその母親との会話が、貴重であると思われる。母親「おひょこ」と娘「おやき」の会話を、巻之上一裏から抜き出してみる（表記は改める）。

母　コウおやきや。ちっと気をつけねえよ。きんにょう（昨日）てめえがヤカンをあれえ（洗）なった時、おおかたこの瓦でみげえ（磨）たろう。ほんにおめえにゃアこまるよ。

娘　なんだえ、かかさん。わっちが何ょうをしたとえ？

母　何じゃあねえわな。てえげえ（大概）知れたもんだあ。この瓦でヤカンをこすり散らかしたろう？　どうりで生まれ変わったようにヤカンが光ると思ったら、ばかばかしい。たまたま事をすりゃあ、ろくなこたアしねえよ。いつまでも子供じゃああんめえし、本当に気を付けねえよ。

娘　それだっても落ちねえから、じれってえものを。いいじゃあねえかな。

母　コウそう言うと、てめえそんな事を言うが、いいことをナニ言うものかな。

娘　（小声にて）やかましいよ。

母　なんだと。

娘　なにも言やあしねえわな。

母　コウおやき。なんぞと言うと、ようくツンツンするが、それで人中へ出られるもんかな。こねえだ（この間）も、のん太夫さんのおされえ（お温習い）に行きねえ〳〵と言うのに、酢だのこんにゃくだのと言って、とうとう行かねえじゃあねえか。そのときおれが何と言った？

（上二裏）

母が娘に異見して、口論になる場面である。口調が激しいのは当然だが、それにしても私には激しすぎる気がする。「てめえ」「おめえ」「わっち」「おれ」等が当時どのような場面、人間関係で使われていたかを比較、検討しなければならないが、現在の東京語よりも乱暴に感じられる。

決して敬語がなかったわけではない。「浮世風呂」前編には我が子にていねいに話しかける父親が登場するし、同二編には穏やかに、時には厳しく我が子に話しかける母親が出てくる。[注5]

当時の江戸の言語生活がどのようなものであったか、そして二百年後の現在の東京語にどのように変化してきたのか。資料の比較分析によって解明することが期待される。

注1　本田康雄『式亭三馬の文芸』（一九七三、笠間書院）参照。

注2　小島俊夫『後期江戸ことばの敬語体系』六章一節「『浮世風呂』に登場する生酔のことばづかい」（一九七四、笠間書院）

注3　土屋信一「『浮世風呂』の上方者の言葉」（『香川大学国文研究』一四、一九八九・九）。『江戸・東京語研究―共通語への道―』所収。

注4　中村幸彦「近世語彙の資料について」（『国語学』八七、一九七一・十二）・五所美子「式亭三馬の言語描写についての一考察」（『語文研究』二六、一九六八・十）。いずれも『論集日本語研究』一四「近世語」（一九八五、有精堂）所収。

注5　土屋信一「『浮世風呂』に見る子ども達の世界」（『新日本古典文学大系　月報』6、一九八九）

付記一　「ソダネー」に思う

二〇一八年ピョンチャン（平昌）冬季オリンピックでは、女子カーリングの北海道北見チームの競技中の言葉「ソダネー」が注目された。ソダが高く、ネーが低く発音される。大声で話し合い、軽く同調・納得し、うなずき、そして次の行動へ進む。これは東京共通語・東京方言にはない語である。

「そうだねえ」では重く受け止め過ぎており、「よしよし」、「まあまあ」、「ドンマイ」等では、軽く認めているものの、実は否定的だというマイナスのニュアンスが入ってしまう。それに年齢差、立場の差を意識すると、とても使う訳にはいかない。おおらかな「うなずき」の表現に、東京人としてうらやましく感じた。北海道の人は多く自分の言葉が「標準語（東京語）」だと思っているようだが、「シバレル」など、東京語では表せない語もある。この「ソダネー」という同調・納得の語も、そうした言葉の一つだと思う。

江戸語の応答詞や人称代名詞が多彩であることを指摘したのは、芳賀登『江戸語の成立』（一九八二、開拓社、84ページ）である。氏は湯沢幸吉郎『増訂江戸言葉の研究』（一九五九、明治書院）から八十九種の語を列記して引用しているのみなので、私は国立国語研究所で電子計算機を使ってカタカナで作成した「浮世床語形索引」を使い「浮世床」全体の中で確かめた。そして「人称代名詞と呼びかけの言葉」として、一九八三年国立民族学博物館で開かれた、文化人類学の研究者を中心としたシンポジウム「現代日本文化における伝統と変容」で報告した（『暮らしの美意識』一九八四、ドメス出版）。ちなみに「浮世床」の主人鬢五郎は次のように三十二種の語を使って客や小僧に呼びかけていた。

アイ・アレアレ・イヤ・ウンニヤ・エ・オイ・オイオイ・オット・コウ・コウコウ・コレ・コレコレ・サア・サアサア・ソレ・ドレドレ・ナアニ・ナニ・ナニカ・ナニガ・ナンノ・ノウ・ハイ・ハテ・ホウ・マア・ムウ・モシ・モシエ・モシモシ・ヤ・ヤイヤイ

「コウ」などは、明治初期までで消滅して、現在では古典落語でも使われなくなってしまったのではないか（私は立川談志の落語で聞いたのが最後である）。

多彩だった応答詞や人称代名詞は、近代以後、減少に転じている。その原因の探求のためにも、広く東京語（東京共通語・東京方言を含む）の研究考察のためにも、綿密な江戸語の研究・分析が必要である。

現代の東京語は、社会的立場・関係が強く意識されて、「ビジネス敬語」など、そつのない、過剰敬語気味の言葉使いが尊重され、対等で平易率直な表現が欠けてきてしまったのではないか。カーリングの女子選手達の、明るい「ソダネー」を聞きながら、そう思った。

なお、一九八三年の国立民族学博物館のシンポジウム「現代日本文化における伝統と変容」では、従来他地域の人々とは会話をしなかった日本人が近年言葉を交わすようになったことが注目された。都会では会話を交わすことが急激に減っているという私の報告は受け入れられなかった。考えてみれば大阪で、場違いな「東京報告」をしてしまったものである。しかし、三十数年たった今日、いま一度、問題を提起してみる。現代の都会人は、他人と口を利きたがらないが、江戸の人々は、ずっとおしゃべりだった！

付記二　さ゚・せ゚・そ゚

父親を意味する「オトッツァン」という語は古くからあるが、「ツァ」という書き方は一般には認められておらず、「サ」とだけ書かれることが多い。そのため「おとつさん」という表記に「オトッサン」「オトッツァン」の二形が存在し、どう読んだらよいのかわからないことがある（私自身は「オトッサン」という発音を耳にしたことがない）。江戸期の戯作には、半濁音符「゜」を用いてツァを「さ゚」と表記する工夫が行われた。これは一般化はしなかったけれど、三馬の作品にはかなり使われている。「浮世風呂」前編巻之上にも「おとつさん」と「おとつさ゚ん」とがごく近くに使われており（日本古典文学大系本62・63ページ、新日本古典文学大系本21・22ページ付近）、誤刻ではなさそうである。

また、日本古典文学大系六三「浮世風呂」解説（中村通夫執筆）37ページには「これと同種の「せ゚」「そ゚」についても「小せ゚へ（ちつ）」「謎（なぞ）解の名人」など表記がみられる。」とあり、かねてより気になっていた。と言うのは、「謎（なぞ）解」のほうは「浮世風呂」前編（日本古典文学大系本95ページ、新日本古典文学大系本60ページ）で見つかるのだが、新典社の影印本（一九七八年刊）はやや不鮮明で、私の周囲の専門家に見せても信用してもらえない。また、「小せ゚へ」は「浮世風呂語形索引」（国立国語研究所）を使って調べても、語そのものが見つからないのである。「さ゚」の半濁音符付きは認めても、「せ゚」「そ゚」の半濁音符付きは、その存在自体が疑問視されていた。

今回の「稽古三弦」の翻刻作業も、半濁音符には注意したが、「さ゚」以外は見つからなかった。「さ゚」は次のように見られる。

こいさ゚ア　下十八表・下十九表・下二十一裏

そいさ゚ア　下十一表
ただ、「こいさア」（下三表）も見られる。ほかに、「八さ゚ん」（下七裏・下八表・下十二表・下十四表）が見られる。これにも「八さん」（下十四表）・「八さん」（下九表）・「吉さん」（下十七裏）が見られる。
これらの「さ」「さ゚」が語形のゆれなのか、清書・製版段階での誤りなのかはわからない。
ただ、棚橋正博『式亭三馬』（一九九四、ぺりかん社）の191ページに「七癖上戸」に「ちつせ゚え妹めエ」の表記例のあるとの報告を見出し、叢書江戸文庫二十『式亭三馬集』（棚橋正博校訂、一九九二、国書刊行会）の159ページで確認した。まだ版本による確認は行っていないが、中村通夫の「小せ゚へ」はこの「七癖上戸」の例だったのではないかと思う。三馬は「さ」「せ」「そ」に半濁音符を付けて発音を表そうと工夫していたらしいということが、やや確実になってきたと言えよう（なお、「七癖上戸」は「当世七癖上戸」として引かれることもある）。

【追記】本書校正時に、「日本語の研究」第14巻3号（二〇一八・八）展望「研究資料」の項（木村一担当）で、次の研究があることを知った。

神戸和昭「『浮世風呂』における「せ゚」「そ゚」をめぐる問題―江戸語研究の「常識」と「誤解」―」（「語文論叢」32（千葉大学）、二〇一七・七）

中村通夫のいう「せ゚」の用例は「七癖上戸」ではなく、湯沢幸吉郎が『江戸言葉の研究』（一九五四、明治書院）に示した「素人狂言紋切形」の用例で、同書の書評と日本古典文学大系本解説の執筆が重なり、錯綜・混入してしまったらしい。当該部分（上二十五表4行目）を、江戸書賈大島屋伝右衛門の奥付と表紙に「天狗書林　兎や梓」とある明治期版本（架蔵）から掲げる。「せ゚」の半濁点は鮮明である。なお、ここではサ行の仮名に半濁点を付したことの確認だけで、音価には触れない。

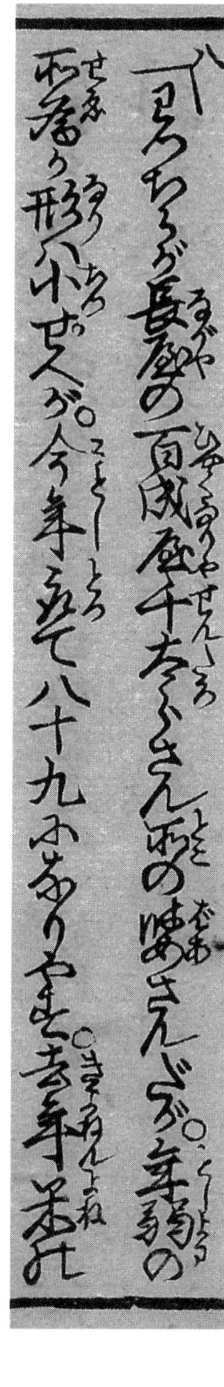

付記三　義太夫の稽古のこと

以下私の個人的な体験について記す。私は十七歳から二十四歳まで、東京都台東区浅草蔵前の小さなアパートで暮らした。同じ階に義太夫の女師匠が住んでいた。かつての人気娘義太夫の竹本綾之助のお弟子さんである。ご自身が一人稽古をする時は、小さく爪弾いているが、時々稽古をつけてもらいに男性客が来ると、太棹の音がアパートの廊下に朗々と響き渡った。娘さんがいて、別居していたが、義太夫を語ったかどうかは知らない。

そんな訳で、この三馬の「稽古三弦」は、私にとっては、五十数年前の風景そのものである。

編著者紹介

土屋信一（つちや・しんいち）

1939年生
東京教育大学大学院修士課程修了（1963年）
国立国語研究所研究員（1964-1984年）
香川大学教育学部教授（1984-1990年）
共立女子大学国際文化学部教授（1990-2004年）
専攻　日本語史（近世・近代）
著書　高校教科書の語彙調査（『国語研報告 76』、共著、秀英出版、1983年）、明治期漢語辞書大系（共編、大空社、1997年）、江戸・東京語研究―共通語への道―（勉誠出版、2009年）

式亭三馬「稽古三弦」影印・翻刻・研究

2018年10月10日 初版第1刷発行

編 著 者：土屋信一

発 行 者：前田智彦

発 行 所：武蔵野書院
〒101-0054
東京都千代田区神田錦町3-11 電話 03-3291-4859　FAX 03-3291-4839

装　　幀：武蔵野書院装幀室

印刷製本：三美印刷㈱

© 2018 Shin'ichi Tsuchiya

定価はカバーに表示してあります。
落丁・乱丁はお取り替えいたしますので発行所までご連絡ください。
本書の一部および全部について、いかなる方法においても無断で複写、複製することを禁じます。

ISBN 978-4-8386-0479-1　Printed in Japan